하버드는 어떻게 글쓰기로 리더들을 다련시키는가

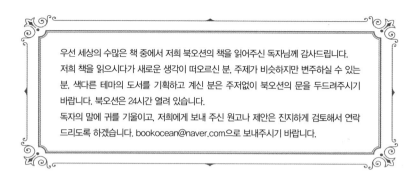

우선 세상의 수많은 책 중에서 저희 북오션의 책을 읽어주신 독자님께 감사드립니다.
저희 책을 읽으시다가 새로운 생각이 떠오르신 분, 주제가 비슷하지만 변주하실 수 있는
분, 색다른 테마의 도서를 기획하고 계신 분은 주저없이 북오션의 문을 두드려주시기
바랍니다. 북오션은 24시간 열려 있습니다.
독자의 말에 귀를 기울이고, 저희에게 보내 주신 원고나 제안은 진지하게 검토해서 연락
드리도록 하겠습니다. bookocean@naver.com으로 보내주시기 바랍니다.

하버드는 어떻게
글쓰기로 리더들을
단련시키는가

초판 1쇄 인쇄 | 2019년 2월 15일
초판 1쇄 발행 | 2019년 2월 22일

지은이 | 이상원
펴낸이 | 박영욱
펴낸곳 | 북오션

편　집 | 허현자 · 이상모
마케팅 | 최석진
디자인 | 서정희 · 민영선

주　소 | 서울시 마포구 월드컵로 14길 62
이메일 | bookocean@naver.com
네이버포스트 | m.post.naver.com('북오션' 검색)
전　화 | 편집문의: 02-325-9172　영업문의: 02-322-6709
팩　스 | 02-3143-3964

출판신고번호 | 제313-2007-000197호

ISBN 978-89-6799-454-9 (03810)

이 도서의 국립중앙도서관 출판예정도서목록(CIP)은 서지정보유통지원시스템
홈페이지(http://seoji.nl.go.kr)와 국가자료공동목록시스템
(http://www.nl.go.kr/kolisnet)에서 이용하실 수 있습니다.
(CIP제어번호: CIP2019002820)

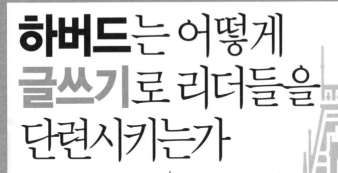

하버드는 어떻게 글쓰기로 리더들을 단련시키는가

이상원 지음

북오션
콘텐츠그룹

이 책은 오랜 전통으로 관심을 모으는 미국 하버드 대학교 글쓰기 교육에 대해 알아보고 이를 바탕으로 우리의 글쓰기 교육을 돌아보기 위해 썼다. 하버드 대학교는 1636년, 미국 최초로 설립된 대학으로 1872년부터 미국 최초로 글쓰기 교과목을 운영하기 시작했다. 하버드 글쓰기 교과목은 이후 미국 여러 대학의 글쓰기 교과목의 모델이 되어 왔고, 알게 모르게 우리의 대학 글쓰기 교육에도 영향을 미치고 있다. 대표적 글쓰기 교육 사례로 충분히 다뤄질 만한 것이다. 그럼에도 아직 하버드 글쓰기 교과목의 면모를 구체적으로 밝히는 작업은 이루어지지 못했다. 이런 상황이 이 책을 쓰게 된 계기가 되었다.

글쓴이는 13년째 대학의 글쓰기 선생으로 일하고 있다. 교양교육 담당 기관 소속이다 보니 교양교육이 개편되고 조정되는 일도 가까이에서 여러 번 지켜보았다. 그럴 때마다 하버드 대학교 교육이 모델로 언급되곤 했다. 우리 근대 교육이 미국을 모범으로 삼아 온 탓인지, 아니면 미국에서 유학하고 돌아온 선생들이 많은 탓인지 알 수 없었지만, 어쩐지 마음 한구석에 불편함이 있었다. 비판이나 성찰이 충분하지 않은 '따라 하기식' 수용으로 보였기 때문이다. 물론 이 책은 교양교육 전체가 아닌, 글쓰기 교육으로 범위가 한정되지만 그럼에도 부분적으로나마 그 불편했던 마음을 되짚는 기회가 되리라 생각한다.

하버드 대학교의 글쓰기 교육 소개 정보는 글쓴이처럼 각 대학에서 글쓰기 교과목을 담당하는 선생들, 더 나아가 중고등학교의 글쓰기 담당 교사들에게 나름의 교육 방식을 기획하고 설계하는 데 도움이 될 수 있으리라 기대한다. 나를 이해하고 발전시키기 위해서는 '남'이 필요하다. 하버드 대학교의 사례는 그 '남'의 역할을 충분히 해 줄 것이다.

글쓰기 교육과 관련이 없는 독자들에게는 '글쓰기'와 '교육'이라는 주제가 관심사가 될 수 있으리라 본다. 글쓰기를 하지 않아도 되는, 혹은 글쓰기를 하지 않고 사는 사람은 사실상 없다. 스마트폰의 문자, 메신저 대화에서부터 공지문, 계약서, 보고서, 호소문, 탄원서, 축하 카드, 위문편지 등 길든 짧든, 공식적이든 개인적이든 우리 삶은 글쓰기로 가득하다. 또 누구나 글을 잘 쓰고 싶어 하고 나름 방법을 찾아 나서기도 한다. 이쯤 되면 최고의 엘리트 육성기관인 하버드 대학교에서는 어떤 글쓰기를 어떻게 가르치는지 그 훈련 과정이 궁금할 법하다.

또한 글쓰기 교육이라는 주제는 '교육' 전반의 논쟁거리를 고스란히 반영한다. 교육 내용, 방식, 교육을 받는 학생과 교수자 등등의 차원이 그렇다. 이 책은 하버드 대학교라는 남의 모습을 거울삼아 우리 교육을 비춰보는 시도이기도 하다.

하버드 대학교의 글쓰기 교육에서 이 책은 Expos 20에 초점을 맞추었다. 필수 교과목인 Expos 20이 하버드 글쓰기 교육의 중심이라는 판단 때문이다. Expos 20 외의 하버드 학부 글쓰기 교육은 여타 교양 및 전공과목에서 내용 교육과 병행되는 형태로 이루어진다. 그 각각의 모습은 조금씩 다르겠지만 일단 모두 Expos 20을 바탕으로 삼는다는 점은 공통적이다. 본문에서 다루겠지만 Expos 20은 다른 교과목의 글쓰기와 긴밀하게 연결되어 있다. 이는 필수 교과목을 우선적으로 검토해야 하는 근거가 된다.

이 책은 크게 세 부분으로 구성된다. 첫 번째 부분인 1부에서는 하버드 대학교의 글쓰기 교과목 Expos 20의 운영 방식을 소개한다. 명칭과 교육 목표, 글쓴이가 정리한 강좌 운영의 특징들이 다뤄질 것이다. 끝부분에는 Expos 20과 유기적 관계를 맺고 있는 다른 Expos 교과목들도 소개된다. 이 부분의 참고 자료는 주로 하버드의 웹사이트들이다. 교과목 소개, 강좌 개요, 강의계획서, 다른 교과목 교수자들을 위한 안내 등의 자료를 살펴보았다.

두 번째인 2부에서는 교과목의 참여자들인 학생, 교수자, 주관 기관을 차례로 살펴볼 것이다. 교과목이 어떻게 운영되는지는 교육의 겉모습이자 결과물일 뿐이다. 이 결과물이 나타나게 되는 과정에 참여자들이 존재한다. 숨은 존재들이므로 완벽한 모습을 파악하기는 어렵지만 웹사이트, 교내 신문 하버드 크림슨 기사, 논문 등을 통해 가능한 한 윤곽을 그려보려 했다.

마지막인 3부는 앞선 두 부분의 내용을 바탕으로 우리 대학의 글쓰기 교육을 비춰보고자 했다. 무조건 하버드 글쓰기 교육이 훌륭하고 우리는 문제투성이라는 식의 접근은 배제하였다. 양쪽이 놓인 맥락과 상황은 다르고 이에 따라 결과물의 모습도 다를 수밖에 없기 때문이다. 다만 자기 검토와 반성이 필요한 부분은 명확히 짚으려 한다. 우리 대학들의 글쓰기 교육이 향후 나아갈 방향을 결정할 때 참고가 될 수 있다면 좋겠다.

대학 글쓰기 교육 현장에서 보낸 세월이 어느새 13년이다. 이 책은 그 세월의 작은 기념비가 될 것 같다. 자축이 아닌, 각오를 새로이 하기 위한 기념비이다. 힘든 여건 속에서 더 나은 글쓰기 교육을 위해 애쓰는 각 대학의 글쓰기 선생님들께 감사와 격려의 박수를 보낸다.

이해, 그리고 오해

– 낸시 소머스 교수의 인터뷰 기사에 붙여

2017년 6월 5일자 〈조선일보〉에는 '하버드 대학교의 글쓰기 프로그램을 20년간 이끈 낸시 소머스 교수'의 전화 인터뷰 기사가 실렸다.[1]

그로부터 1년 후인 2018년 7월 17일자 〈한국경제〉 신문에도 '서울대 이공계 신입생 글쓰기 낙제점'이라는 제목의 기사가 게재되었다.[2] 내용은 대동소이하다.

기사는 서울대학교의 2017학년도 신입생 대상 글쓰기 능력 평가 결과를 소개하는 것으로 시작되었다. 전체 응시자 중 25%가 '글쓰기 정규과목을 수강하기 어려울 정도로 글쓰기 능력이

---

1 기사 본문은 다음 인터넷 주소로 들어가면 확인할 수 있다. http://news.chosun. com/site/data/html_dir/2017/06/05/2017060500092.html

2 http://news.hankyung.com/article/2018071710901

부족'했다는 내용이었다. 이어 하버드 대학교는 모든 학생들이 글쓰기 교과목을 필수로 듣게 한다면서 수강생의 73%가 '글쓰기 능력 향상은 물론 대학 수업에 더 적극적으로 참여'하게 되었다는 소감을 남겼다고 전했다.

기사는 뒤이어 전화 인터뷰 내용을 정리하면서 '미국 대부분 대학이 글쓰기 프로그램을 운영하는 반면 국내 대학가에선 이제야 겨우 글쓰기 중요성을 감지하는 분위기'라고 문제를 지적했고 '동료평가가 글쓰기 실력 향상에 중요한데 10여 년 전 한국 방문 당시 고등학생들이 한 번도 동료평가를 해본 적 없다고 해 놀랐다'는 소머스 교수의 말을 인용했다.

기사의 전체적인 메시지는 미국 대학들이 글쓰기 교육을 훌륭하게 수행하는 데 반해 한국의 경우 대학 교육도, 학생 수준도 뒤떨어져 있다는 것으로 요약되었다. 하지만 한국의 대학에서 글쓰기 교과목을 운영하는 글쓴이 입장에서는 수긍하기 어려운 부분이 많았다.

첫째, 신입생 대상 글쓰기 능력 평가 결과의 문제이다. 우선 이 능력 평가는 전체 신입생을 대상으로 한 것이 아니다. 기사에도 나왔지만 2017년 자연대 신입생 253명만을 대상으로 실시한 것이었다. 이 평가 결과를 서울대 신입생 전체의 글쓰기 능력으로 유추하면서 하버드 학생들과 비교하기는 어렵다. 게

다가 자연대 신입생 중 상당수는 과학고 등 특수목적 학교에서 수학이나 과학 과목을 집중적으로 공부한 후 대학에 들어오게 된다. 글쓰기 경험이 부족하고 따라서 인문 계열 학생들에 비해 글쓰기 능력이 상대적으로 떨어질 수 있다. 또한 해당 평가가 최초로 시범 실시되면서 사전 홍보나 안내가 충분하지 않았다는 점, 입학 전 합격생들이 온라인으로 응시하는 방식이었다는 점 등을 감안하면 응시 학생들이 최선의 능력을 발휘한 결과라고 보기 어렵다. 이 평가 결과를 미국 대학들의 '훌륭한' 글쓰기 교육과 비교하는 기사는 부당하다.

둘째, '국내 대학가에선 이제야 겨우 글쓰기 중요성을 감지하는 분위기'라는 보도는 사실과 명백히 다르다. 국내 대학들은 글쓰기 교과목을 전체 재학생에게 교양 필수로 부과하고 있다. 글쓴이가 소속된 대학의 경우를 예로 들어 보자. 글쓰기 교과목의 전신인 '대학국어'는 대학 교육과 역사를 같이 해 왔다. 해방 후인 1950년대부터 이미 대학국어 교과목이 존재했다. 공식 개설 시점은 명확히 알기 어렵지만 1954년 10월 25일자 〈대학신문〉에서 문리대 강사 이태극이 '대학국어 교육의 방향'이라는 기고문을 실어 대학국어를 일반교양필수 교과로 만들어야 한다고 주장했던 점을 볼 때 이런 추정이 가능하다. 대학국어는 2013년 2학기까지 전교생 필수 교과로 운영되어 왔으며

2014년 1학기부터 '글쓰기의 기초'로 이름이 바뀌었다. 2004년에는 영역별 글쓰기('인문학 글쓰기', '사회과학 글쓰기', '과학과 기술 글쓰기') 교과목이 추가 개설되어 현재까지 운영되고 있다. 단과대학별로 필수수강 강좌 지정 상황은 조금씩 다르지만 글쓰기 교과목을 하나도 듣지 않고 학부 과정을 마칠 수 있는 학생은 단 한 명도 없다.

셋째, '고등학생들이 한 번도 동료평가를 해본 적 없다고 해 놀랐다'는 지점이다. 입시 준비에 치중된 우리의 고교 교육과정에서 대학 입학 지원을 위한 논술이나 자기소개서 작성을 넘어서는 글쓰기 교육은 이루어지기 어려운 형편이다. 고교 교육의 전체적 방식 또한 토론보다는 강의 중심이다. 이런 상황에서 학생들이 글쓰기 동료평가를 해본 적 없다는 것은 어찌 보면 당연하다. 반면 오늘날 우리의 대학 글쓰기 교과목 상당수에서는 동료평가, 즉 학생들이 서로의 글을 읽고 분석하고 장단점을 찾으며 대안을 제시하는 활동이 중요한 부분을 차지하고 있다. 일부 사례 글을 뽑아 전체가 공유하며 동료평가 하는 방식, 그룹을 나눠 그룹 내에서 글을 공유하고 동료평가 하는 방식, 글을 쓰기에 앞서 계획 수립 단계에서 동료평가를 거치면서 폭 넓은 사고를 독려하는 방식 등 형태는 다양하다.

넷째, 하버드 학생들이 글쓰기 교과목에 만족스러운 반응을 보이는 것과 마찬가지로 글쓰기 교과목에 대한 우리 대학생들의 만족도도 높은 편이다. 말하기, 프레젠테이션 등 관련 교과목을 통칭하는 '사고와 표현' 영역으로 확장하면 만족도가 더욱 높아지는데 이는 여전히 일방향 강의가 대세를 이루는 우리 대학 교육 현장에서 '사고와 표현' 교과목들은 상대적으로 학생들이 능동적으로 참여하는 형태이기 때문이다. 적어도 글쓴이가 소속된 대학에서는 그렇다. 학생들은 직접 글쓰기나 구두 발표, 토론 등의 활동을 하고 이에 대해 1:1 혹은 전체 토론 또는 대표 첨삭 형태의 피드백을 받으며 '지금보다 한 단계 더 나아질' 길을 모색하게 된다.

글쓴이는 이상과 같은 이유로 기사의 내용에 수긍할 수 없었다. 그러면서 우리의 대학 글쓰기 교육과 관련해 오해되는 부분이 많다고 생각했다. 물론 어떤 오해가 있는지 아는 것만으로도 나름의 가치는 있다. 그 오해는 대학 글쓰기 교육 현장의 목소리가 널리 퍼져가지 못한 탓일 테고 그렇다면 글쓰기 선생들도 일부 책임이 있을 것이다.

지금까지는 글쓴이가 수긍하지 못하는 점들만 길게 늘어놓았지만 중요한 글쓰기 교육에 대한 이해를 드러내는 부분, 충분히 공감할 만한 지점도 있었다. 예를 들어 꾸준한 글쓰기를 강조하는 소머스 교수의 다음과 같은 언급이 그렇다.

"하루 10분이라도 매일 글을 써야 비로소 '생각'을 하게 되지요. 어릴 때부터 짧게라도 꾸준한 읽기와 쓰기를 해온 학생이 대학에서도 글을 잘 쓰더군요."

글쓰기는 하루아침에 얻어지는 능력이 아니다. 글쓰기 교육 설계에서는 이 점이 충분히 고려되어야 한다. 비록 국내 대학의 글쓰기 교육 현장을 제대로 파악하지 않고 쓴 기사라는 아쉬움이 남았다고는 하지만 이 기사가 대학 글쓰기 교육의 중요성을 부각시키고 있다는 점은 확실하다.

이렇게 중요한 글쓰기 교육이 제대로 이루어지려면 제도적 뒷받침이 필요하다. 하지만 전공 학과 중심으로 편제된 우리의 대학 구조에서 교양교육은 제대로 위상을 인정받기 어렵다. 이때문인지 각 대학의 글쓰기 담당 교수자는 대부분 비정규 계약직이다. 의사결정에 참여하기 힘든 위치다. 글쓰기 교육의 위상 확보는 한층 어려워질 수밖에 없다.

기사에 담겨 있던 오해와 이해의 지점들을 살펴보다 보면 하버드 대학교의 글쓰기 교육이 어떻게 이루어지고 있는지, 우리 현실과는 어떻게 다른지 궁금해진다. 이 책은 그 궁금증을 해결하기 위한 한 시도이다.

차례

1부 150년 전통, 하버드 글쓰기의 힘 Expos 20

Ⅰ. 하버드 글쓰기 교과목 Expos 20

2부　하버드 글쓰기 프로그램의 트리니타스 (시스템)

I. Expos 20의 참여자, 학생은 누구인가

II. Expos 20의 참여자, 교수자의 역할은 무엇인가

III. Expos 20의 또 다른 참여자, 시스템을 운영하는 기관

3부 우리의 대학 글쓰기 교육을 돌아본다

I. 우리의 대학 실정에 맞는 글쓰기 교육

HARVARD
WRITING

1부

COLLEGE PROGRAM

150년 전통, 하버드 글쓰기의 힘 Expos 20

I

하버드 글쓰기 교과목 Expos 20

1

하버드 Expos 20이란
무엇인가

하버드 대학교의 글쓰기 교육을 대표하는 교과목은 'Expos 20'이다. 이 명칭은 무슨 의미인지, 교과목의 목표는 무엇이고 실제 강의실에서 진행되는 모습은 어떠한지 살펴보자.

Expos 20이라는 명칭은 어디서 왔는가

하버드 대학의 글쓰기 교과목 Expos 20은 1872년에 탄생해 지금까지 150년 가까이 지속된 것으로 유명하다. 또한 1872년 이래 하버드에 입학했던 학생들 모두가 필수로 들어야 했던 유일한 교과목으로도 알려졌다.

하버드 대학교는 1636년에 설립되었다. 초기에는 종교 교육 위주의 기관이었다고 한다. 200년 이상이 흐른 1869년에 전문적 학문 연구기관으로 재탄생하였다. 여기서 주도적인 역할을 했던 C.W. 엘리엇 학장은 그로부터 3년 후인 1872년에 글쓰기 교과목 Expos 20을 개설하였다. 그러니까 학문 연구 기관으로 변신하자마자 글쓰기가 필수 교과목으로 자리를 잡게 된 셈이다.

Expos 20이라는 명칭에서 Expos는 'Expository Writing'의 줄임말이다. 'Expository Writing'이란 무슨 뜻일까? 'expository'라는 단어의 사전상 의미는 '설명적인', '해설적인'이다.

신우성(2009)[3]은 하버드를 직접 방문해 글쓰기 프로그램 담당자와 인터뷰를 한 후 대학에서 작성하는 글은 기술(記述)이든, 논증이든 결국 설명이 들어갈 수밖에 없고 따라서 강좌 제목이 이렇게 붙게 되었다고 하였다. 실제로 Expos 20에서 학생들이 쓰게 되는 것은 주어진 텍스트를 면밀히 읽고 분석하는 글, 자료에 담긴 주장을 평가하거나 두세 자료를 비교 분석하는 글, 3-10개 자료를 참고해 학문적 논쟁에 대한 자

---

3 신우성, 《미국처럼 쓰고 일본처럼 읽어라》 어문학사, 2009

기 의견을 밝히거나 현상을 평가하는 글이다.[4]

이러한 글을 작성하려면 텍스트 내용이나 구성에 대한 설명, 출처 자료의 주장에 대한 설명, 기존 자료나 현상에 대한 설명이 들어갈 수밖에 없다. 이렇게 보면 'Expository Writing'이라는 명칭은 이들 여러 글쓰기의 공통분모가 되는 '설명'을 중심으로 정해진 것이라 하겠다.

Expos 20의 숫자 20은 'Expository Writing' 교과목 영역에 포함되는 교과목들을 구분하기 위해 붙인 것이다. 뒤에 살펴보겠지만 숫자만 다른 교과목들인 Expos 10, Expos 40 등이 존재한다. 다른 숫자가 붙은 Expos들은 교육 목표나 내용, 이수 규정에서 겹치는 부분이 많은, 상호 보완적인 교과목이라 볼 수 있다.

Expos 20을 우리말로는 어떻게 옮겨야 할까? '설명적 글쓰기'라고 바꾸기는 조심스럽다. 주장이나 의견이 들어가지 않은 설명문으로 오해될 여지가 크기 때문이다. 교과목에서 학생들이 쓰게 되는 것이 분석글, 평가글, 주장글임을 감안하면 우리의 대학 글쓰기에서 흔히 사용하는 용어인 '학술적 글쓰기'로 옮길 수 있다. 학술적 글쓰기가 학문 영역에서 이루어

---

4 http://instructortoolkit.harvardwrites.com/student-writing/

지는 의사소통을 지나치게 강조하여 형식적인 요건을 중시하는 느낌을 주는 것이 거북하다면 '논증 글쓰기'라는 표현도 가능할 것이다. 더 나아가 Expos 20이 하버드 대학교 학부 교양 과정에서 유일하게 부과되는 필수 글쓰기 과목이라는 점, 그리고 읽기 – 토론하기 – 글쓰기가 결합된 과목이라는 점을 고려해 '사고와 표현'이라는 총괄적 명칭으로도 바꿀 수 있다. '사고와 표현'은 현재 국내 대학들의 글쓰기 및 토론 관련 강좌들을 통틀어 부르는 이름이기 때문이다.

Expos 20의 교육 목표는 무엇인가?

Expos 20을 총괄하는 기관은 '하버드 대학교 글쓰기 프로그램(Harvard College Writing Program, 이하 '글쓰기 프로그램')'이다. 글쓰기 프로그램에서 밝히는 Expos 20의 교육 목표는 학생들이 이후 학부 과정에서 접하게 될 글쓰기 과제의 기본적인 유형을 접하게끔 하는 것이다.[5]

이는 글쓰기 학습이 학부 4년 동안 반복적으로 이어져야 한다는 생각에 기반하고 있다. Expos 20에서 학습한 내용이 이후 다른 강좌에서 다시 적용되고 확장되며 반복됨으로써 학생의 글쓰기 능력이 향상되도록 한다는 것이다.

....
5 http://instructortoolkit.harvardwrites.com/student-writing/

향후 글쓰기 과제를 미리 접하고 준비하도록 한다는 교육 목표를 달성하기 위해 Expos 20은 기본적인 글쓰기 과제 유형을 '면밀하게 읽고 분석하기', '자료의 주장 평가 혹은 두세 자료 비교 분석하기', '3-10개 자료를 바탕으로 학문적 논쟁에 대해 의견을 밝히거나 현상을 파악하기'로 규정하고 학생들이 이 세 가지에 해당하는 글을 쓰도록 한다. 과제 글은 학기가 진행될수록 4-6쪽, 6-8쪽, 8-10쪽과 같이 분량이 늘어나고 요구조건이 까다로워진다.

또한 Expos 20은 1학년 신입생들이 입학 첫 학기 혹은 두 번째 학기에 수강하도록 되어 있다. 신입생이 이후의 글쓰기에 대비하도록 돕는다는 목표를 달성하려면 입학 초기에 수강이 완료되어야 하기 때문일 것이다.

Expos 20이 학생들에게 무엇을 가르치는지 조금 더 구체적으로 살펴보자. 하버드의 다른 교과목 교수자들을 대상으로 Expos 20의 교육 내용을 안내하는 자료를 통해 이를 역으로 파악할 수 있다. 이 자료에 등장하는 Expos 20 교육 내용 목록은 다음과 같다.

① (글에서 논증해야 할) 분석적 질문이나 문제를 제기하는 법
② (자명하거나 기술(記述)적이지 않고) 논증 가능한 논제를

만드는 법

③ 치밀한 분석으로 논제를 뒷받침하는 법

④ 반론을 예상하고 대응하는 법

⑤ 논증을 논리적으로 구성하는 법

⑥ 문단들이 잘 연결되어 흘러가도록 하는 법

⑦ 원천 자료를 정확히 요약하고 다시 쓰기 하는 법

⑧ 하버드 도서관의 온라인 및 오프라인 자료를 찾고 평가하는 법

⑨ 참고 문헌의 역할을 이해하고 인용된 문헌들을 정리하는 법

⑩ 1차 및 2차 자료를 책임감 있게 사용하고 표절을 피하는 법

⑪ 명료하고 압축적인 문장을 쓰는 법

⑫ Expos 수업에서 배운 글쓰기를 다른 강좌에 적용하는 법

⑬ 학문 영역마다 논증 방법, 분석 방식, 인용 관행, 문장 유형이 다를 수 있다는 점을 인식하는 것

①-⑤는 논증적 글쓰기의 방법이다. 문제를 제기하고 주장을 담은 논제를 만들고 이를 뒷받침하는 동시에 반론을 염두에 두며 논리적으로 글을 구성하는 것이다. ⑥과 ⑪은 문장과

문단을 쓰는 법, 보다 기본적인 글쓰기 능력에 해당한다. ⑦과 ⑩은 자료 참고와 제시 방법의 문제이다. 자료를 요약하는 법, 제대로 인용하는 법이 여기 포함된다. ⑧과 ⑨는 참고 문헌을 찾고 참고 문헌 목록을 작성하는 방법이다. ⑫와 ⑬은 논증적 글쓰기 학습 내용의 적용에 대한 것으로 학술적 글쓰기의 관행이 다양하게 나타난다는 점을 이해하고 배운 것을 유연하게 활용해야 함을 보여준다.

실제로 강좌 운영을 담당하는 교수자들의 강의계획서를 보면 글쓰기 자체에 초점을 맞춘 보다 폭넓은 교육 목표가 등장한다.

① 질문을 만들고 자료를 분석한 후 충분한 근거를 제시하며 명료한 글을 쓰는 것
② 자신만의 독창적인 생각을 독자가 주목하고 동의하며 깨달을 수 있도록 표현하는 것
③ '글쓴이 중심'에서 벗어나 '독자 중심' 글쓰기를 이루어 내는 것
④ 전문가인 교수자를 위해 학생으로서 행하는 글쓰기를 넘어서 동료들을 위해 전문가로서 행하는 글쓰기로 옮겨 가도록 하는 것

⑤ 글쓰기는 결과물이 아닌 과정이라는 점, 글쓰기와 읽기,
그리고 사고하기는 서로 깊숙이 연관된다는 점, 글쓰기
는 공적인 대화의 방법이라는 점을 깨닫도록 하는 것

①은 Expos 20이 논증적, 분석적 글쓰기를 지향한다는 점
을 보여주는 목표이다. ②와 ③은 독자의 존재를 강조한다.
소통의 글쓰기를 위해서는 독자의 관심사와 반응을 염두에
두어야 하기 때문이다. ④는 학생들이 글쓴이로서의 책임을
지도록 한다. 교수자에게 능력이나 지식을 검증받기 위해 쓰
는 글을 넘어서 스스로 전문가가 되어 동료들을 위해 글을 쓰
도록 하는 것이다. ⑤는 글쓰기에 대한 사고의 전환을 목표로
삼는다. 글쓰기는 하루아침에 이룰 수 있는 일이 아니다. 계
속 읽고 생각하고, 계획을 세웠다가 바꾸거나 보완하고, 초고
를 썼다가 고치는 등의 과정을 반복해야 한다는 점을 체험을
통해 전달한다. 이를 통해 학생들은 글쓰기가 고립된 활동이
아닌 공적, 사회적 활동임을 깨닫게 될 것이다.

하버드 대학교의 보편적 글쓰기 과제 유형[6]

앞서 Expos 20의 교육 목표가 학생들이 이후 학부 과정에서 접하게 될 글쓰기 과제의 기본적인 유형을 접하게끔 하는 데 있으며 주어진 텍스트를 면밀히 읽고 분석하는 글, 자료에 담긴 주장을 평가하거나 두세 자료를 비교 분석하는 글, 3-10개 자료를 참고해 학문적 논쟁에 대한 자기 의견을 밝히거나 현상을 평가하는 글이라는 세 가지로 유형이 정리되어 있다고 하였다. 이 세 가지 유형은 어떻게 나온 것일까? 그 바탕이 된 것은 글쓰기 프로그램에서 실시한 조사 연구였다. 조사 결과, 하버드 대학교 교수들이 내는 글쓰기 과제는 크게 단일 텍스트 분석과 다수 텍스트 연결로 나뉘었다.

단일 텍스트(아이디어, 사건, 대상) 분석

• 요약하거나 평가하기

예) 메리 울스톤크래프트 작품을 3–5쪽 분량 에세이로 분석하라. 이성(理性) 능력을 바탕으로 한 여성 평등 주장의 강점과 약점을 논하라.

---

6 http://instructortoolkit.harvardwrites.com/student-writing/

- 구성이나 의미 분석하기: (그림, 교향악, 건물, 연설, 시/소설, 사진, 광고 등이) 어떻게 조직되어 효과나 의미를 만들어내는지 살피기

예) 북미 자연 풍경을 주된 이미지로 사용하는 전면 잡지 광고를 비판적으로 분석하라.

- 텍스트, 대상, 사건으로부터 의미를 끌어내 특정 문화나 사건에 대한 이해 높이기

예) 회고록 한 권을 분석하고 그 회고록이 전후 미국 사회의 어떤 특성을 보여주는지 밝혀라.

- 설명하기: 특정 사건, 제도, 아이디어, 태도가 등장한 이유와 과정, 결과와 역할을 설명하기

예) 1950년대와 60년대 이란 자유 민족주의가 계속 실패한 상황을 설명하라. 애초의 동력은 무엇이고 주된 목표는 어디 있었는가? 결국 실패한 이유는 무엇인가?

다수 텍스트(아이디어, 사건, 대상) 연결

- 비교 분석하기: 관련된 둘 이상의 텍스트 혹은 사건을 일정 주제나 문제 중심으로 비교하기

예) 노예 문제에 있어 건국 위인들의 의도에 더 충실했던 사람은 링컨인가 더글라스인가?

예) 함께 읽은 텍스트 중 세 편에 드러나는 '영토' 개념에 대해 논하라.

• 이슈나 문제에 대해 입장 취하기: 강의에서 접한 다양한 자료나 아이디어를 결합해 예/아니오 입장 정하기

예) '국제 관계의 도덕이란 결과론이자 실용론일 수밖에 없다'에 대해 자료를 인용하여 동의여부를 써라.

• 이론(모델, 정의, 방법론, 유형)을 적용하거나 시험하기

예) 지난주에 공부한 이민과 관련한 이론적 접근 중 하나를 선택하고 이를 사용해 NAFTA 혹은 187조를 분석하라.

• 사건, 연구, 논쟁을 맥락화하기: (예술적, 문화적, 전기적, 제도적) 환경이 그 대상에 어떤 영향을 미쳤는지, 맥락을 안다면 어떻게 달리 이해할 수 있는지 밝히기

예) 베를리오스의 〈환상 교향곡〉 혹은 슈만의 〈4번 교향곡〉을 베토벤 유산(遺産)에 대한 반작용으로 파악하는 5–7쪽의 글을 써라.

• 일련의 행동 제안하기: 실제 혹은 상상의 상황들을 바
  탕으로 이슈와 대안을 정의한 후 남들의 행동을 촉구
  하는 글쓰기
예) 주거 프로그램과 관련해 주거 및 도시 개발 담당 공무원에
  게 정책을 제안하는 5쪽 미만의 글을 작성하라. 먼저 정책의
  목표와 장단점을 알려라. 수업 중 알게 된 경제 행동 지식
  및 경제 분석 도구를 활용하라.

Expos 20의 글쓰기 과제 세 유형 중 첫 번째인 '면밀하
게 읽고 분석하기'는 단일 텍스트 분석에서 나온 유형이다.
  두 번째인 '자료의 주장 평가 혹은 두세 자료 비교 분석
하기'는 전자의 경우 단일 텍스트 분석에서, 후자의 경우는
다수 텍스트 연결에서 나온 유형으로 볼 수 있다. 어느 쪽
에 더 비중을 두고 과제가 부과될 것인지는 교수자의 선택
에 달려 있다.
  마지막 세 번째 유형인 '3-10개 자료를 바탕으로 학문적
논쟁에 대해 의견을 밝히거나 현상을 파악하기'는 다수 텍
스트 연결에서 나온 것이다.

2

하버드 Expos 20은
무엇을 어떻게 가르치나

강좌 운영 특징① 소수정예 세미나 수업에서 살아남기

Expos 20 수강 인원은 15명 이하로 제한된다. 그리고 강의식이 아닌 세미나식 수업이다. 한 주에 두 번, 한 번에 75분씩 수업이 이루어진다. 한 학기가 14주 길이이고 총 수업 횟수는 26회 정도이다.

Expos 20은 하버드에서 가장 강도 높은 수업 중 하나라고 불린다. 15명 소규모이므로 모든 학생이 교수자의 충분한 관심을 받을 수 있기 때문이고 세미나 방식이므로 매 수업마다 각 학생이 충분히 준비를 한 후 참석해 적극적인 모습을 보여야 하기 때문이다. 그저 남들이 하는 말을 듣고만 있는 것은 허락되지 않는다. 자기 생각을 정리해 제시하고 질문함으로 써 학습이 이루어진다고 보는 것이다.

학생들의 수업 참여를 최대화하기 위한 조치도 마련되어 있다. 우선 출결 관리가 엄격하다. 질병 이외의 결석이 2회를 초과하면 학점을 받을 수 없고 10분 이상 지각은 결석으로 처리된다. 또한 주의집중을 위해 노트북, 태블릿 등 전자 기기를 금지하는 강좌가 대부분이다. 필요한 자료는 각자 인쇄해 지참해야 하고 휴대전화는 아예 전원을 끄고 가방 안에 보관하도록 한다.

학생들의 활동은 크게 사전 공지된 자료를 읽고 수업에 들어와 토론하는 것, 그리고 이를 바탕으로 부과되는 글쓰기 과제를 수행하는 것으로 나뉜다. 자료를 읽고 토론하는 과정은 해당 주제에 대한 자기 생각을 만들어나가는 과정이고 비판과 분석을 연습할 기회이기도 하다. 글쓰기 과제에는 짧은 글 과제(response paper)와 에세이가 있다. 짧은 글 과제는 본격적으로 에세이를 쓰기 전 사전 연습이라 할 수 있다. 자료 읽기를 바탕으로 요약하는 글, 장단점이나 설득력을 평가하는 글 등을 한두 단락 분량으로 쓰게 된다. 한 학기에 4-8회 부과된다.

에세이는 모두 세 편을 쓰게 되는데 초고(draft)를 먼저 제

34

출하고 피드백을 받은 후 다시 수정본(revision)을 제출하는 방식이다. 피드백은 다차원적이다. 우선 학생들의 초고 중 두 편 정도를 교수자가 선택하고 이를 수업 중에 모두가 함께 토론하는 방식이 있다. 학생들은 사전에 이 두 편에 대해 나름의 서면 피드백을 작성해 제출해야 하는데 이는 자기 글 또한 비판적으로 바라보는 능력을 키워준다. 다음으로 교수자와의 1:1 만남(conference)이 있다. 이는 초고에 대한 교수자의 사전 서면 코멘트를 바탕으로 20여 분간 진행된다. 에세이마다 한 번씩, 한 학기에 총 세 번 이루어지는 만남은 교수자가 수정 방향을 일방적으로 지시하는 자리가 아니며 학생의 철저한 준비와 주도적 역할이 강조된다. 마지막으로 학생들이 세 명씩 그룹을 만들어 서로의 글을 읽고 비평하는 방식의 피드백이 이루어지기도 한다.

이상과 같은 다차원적 글쓰기 피드백은 인원이 소규모로 제한되는 덕분에 가능하다. 학생 수가 많다면 교수자가 일일이 서면 피드백을 주고 1:1로 만나 토론하기도, 학생들이 서로의 글을 동료평가하기도 힘들 것이기 때문이다. 소규모 세미나 형태인 Expos 20은 협력적 활동을 통해 학생 개개인이 함께 발전하는 학습을 충분히 구현하는 것으로 보인다.

강좌 운영 특징② 진지한 주제 탐색과 인식의 기회 제공

Expos 20 교과목에 개설된 강좌들은 사전에 주제가 정해져 있다. 학생들은 강좌 제목으로 제시된 주제와 강좌 개요, 강의계획서를 살펴보고 원하는 강좌를 선택해 수강신청을 하게 된다.

2018년 봄 학기(1/31~4/25)에 개설된 Expos 20 강좌는 모두 31개이다.[7]

교수자 한 사람이 동일한 강좌를 2개씩 개설하는 것으로 생각하면 총 62개 강좌가 열리는 셈이다. 참고로 Expos 20 교수자는 매 학기 2개 강좌를 담당하도록 되어 있다. 강좌 당 정원이 15명이니 62개 강좌가 모두 정원을 채운다고 할 때 최대 수강 인원은 930명이다. 입학생 수가 약 1700명인 것을 감안하면 1학년생의 절반 이상을 수용하는 규모이다. 2017년에 입학한 신입생 중 절반은 2017년 가을 학기에 이미 Expos 20을 수강한 것이라 볼 수 있다.

Expos 20 강좌의 주제들을 구체적으로 검토해 보자. 〈표 1〉은 2018년 봄 학기에 개설된 강좌 주제들이다. 총 31개 강좌인데 그냥 나열하기에는 개수가 많으므로 제목과 개요, 강의계획서를 참고하여 영역별로 나누어 다음 표에 정리하였다.

7 https://writingprogram.fas.harvard.edu/spring-2018-expos-20-courses

영역은 크게 예술, 문학, 개인과 사회, 역사와 사회, 문화, 젠더, 철학, 과학, 심리학, 환경, 종교로 설정하였다.

〈표 1〉 하버드 Expos 20 2018년 봄 학기 개설강좌

영역(개수)	강좌 명
예술 (2)	〔충격을 안겨주는 예술〕〔사진으로 일상 기록하기〕
문학 (5)	〔흑인들의 자서전〕〔지옥〕〔황무지〕〔왜 셰익스피어인가?〕〔마술사와 야생의 세계 – 아동문학〕
개인과 사회 (6)	〔규칙 깨기〕〔진짜인 척 하여 성공한다는 것〕〔공중 보건의 역설〕〔사생활과 감시〕〔저자의 목소리〕〔누가 권력을 잡는가?〕
역사와 사회 (4)	〔마약, 마음, 미 대륙의 마약 전쟁〕〔역사로서의 인권〕〔보스턴 학교들의 평등을 위한 싸움〕〔테러리즘이냐 해방 전쟁이냐〕
문화 (2)	〔식(食) 문화〕〔하버드 학생들의 친구 관계 맺기〕
젠더 (2)	〔팜므 파탈〕〔존경 받는 여성, 저항적인 여자〕
철학 (1)	〔실존주의〕
과학 (2)	〔화성으로 가는 길〕〔수술의 칼날〕
심리학 (2)	〔성공과 실패의 심리학〕〔감정의 과학〕
환경 (1)	〔인간, 자연, 그리고 환경〕
종교 (4)	〔불교, 마음 챙김, 실용적 마음〕〔신과 국가〕〔미국의 종교 다원주의〕〔사회와 마녀〕

예술 영역에는 미술 작품과 사진 찍기를 각각 주제로 삼은 두 강좌가, 문학 영역에는 흑인 문학, 셰익스피어, 아동문

학, 지옥과 황무지라는 문학적 소재를 다루는 5강좌가 들어
가 있다. 개인과 사회 영역에는 개인과 사회의 관계, 특히 자
유와 사회 질서의 대립을 주된 관심사로 삼는 강좌들이 있다.
개인과 사회 영역에 포함된 강좌는 전체 31개 중 6개로 가장
많다. 개인의 일상을 속박하는 사회적 규범, 사회적인 모습의
진짜와 가짜 문제, 공중보건이나 사생활 보호와 관련된 개인
과 사회의 대립, 사회를 바꾸는 표현의 자유, 권력과 그에 대
한 저항이 이들 강좌의 주제이다.

역사와 사회 영역에는 사회적인 문제를 역사적 관점에서
파악하는 강좌들을 모아보았다. 마약문제, 인권, 인종과 계층
에 따른 교육 기관 분리 문제, 테러를 주제로 삼은 4개 강좌
가 여기 포함된다. 문화 영역에는 음식 문화와 대학생의 인간
관계 형성에 초점을 맞춘 두 강좌가, 젠더 영역에는 여성의
이미지와 관련된 두 강좌가 있다.

철학 영역에는 실존주의를 다루는 1강좌가 들어간다. 과학
영역에는 화성 탐사와 외과 수술을 주제로 한 2강좌가, 심리
학 영역에는 성공과 실패 문제와 감정이라는 문제를 중심으
로 삼은 2강좌가 포함되었다. 환경 영역에 해당하는 것은 환
경 파괴를 다룬 강좌 하나이다.

마지막 종교 영역에는 불교, 종교와 국가의 공존 문제, 종교

다원주의, 마법이라는 주제를 중심으로 4강좌가 들어 있다.

2018년 봄 학기 개설 강좌들을 살펴보면 몇 가지 특징이 나타난다.

우선 대부분이 인문 사회학 분야로 구분 가능한 주제들이라는 것이다. 예술, 문학, 개인과 사회, 역사와 사회, 문화, 젠더, 철학, 심리학, 환경, 종교 영역이 모두 인문 사회학에 해당한다. 〈표 1〉에서 보았듯 '과학 영역'으로 분류된 것은 전체 31개 중 단 2강좌뿐이다. 그리고 이 2강좌 또한 내용을 살펴보면 〔화성으로 가는 길〕의 경우 영화 〈마션〉을 비롯해 화성과 관련된 SF 작품을 분석하는 내용이고, 〔수술의 칼날〕은 외과 수술의 사회적 역사적 맥락을 탐색하는 내용이어서 이공학적 지식이 굳이 필요해 보이지 않는다. 결국 이공학도의 관심사에 맞춰진 주제는 따로 마련되어 있지 않다. 하버드 대학교의 이공학 전공생들은 인문 사회학 주제 중 하나를 골라 글쓰기 필수 과목을 수강하게 되는 셈이다. 국내 대학들이 이공학도를 위한 별도의 강좌를 개발해 운영하는 것과 대비를 이루는 모습을 볼 수 있다.

다음으로 드러나는 특징은 학생들의 구체적 관심사에 밀착

된 주제가 다수 존재한다는 것이다. 예를 들어 예술 영역의 〔일상 기록하기〕는 SNS 시대에 보편화된 사진 촬영과 관련해 사생활과 예술의 경계에 대해, 사진이 보여주는 거짓과 사실에 대해 다룬다. 자기 일상의 순간을 촬영해 친구들과 공유하는 데 익숙한 학생들의 관심을 끌만한 주제다. 문화 영역 강좌 중 〔하버드 학생들의 친구 관계 맺기〕는 캠퍼스에서 사회적 관계가 맺어지는 과정을 관찰하고 우정에 대해 고찰한다. 새로 대학 캠퍼스 생활을 시작하는 신입생들 입장에서 충분히 호기심을 느낄 만하다.

강의실에서의 독서와 토론, 글쓰기 외에 실제 활동까지 결합한 강좌들도 눈에 띈다. 역사와 사회 영역에 들어 있는 〔보스턴 학교들의 평등을 위한 싸움〕은 하버드 대학교가 위치한 보스턴에서 지금까지도 학교들이 인종과 계층에 따라 분리되어 있다는 현실 문제를 다루면서 현직 교사와 만나 이야기를 나누고 직접 인근 고등학교를 방문하는 등 현장을 경험하도록 한다.

종교 영역의 〔불교, 마음 챙김, 실용적 마음〕은 명상에 대한 부처와 티벳 불교 승려의 가르침을 검토하고 실제로 불교 명상을 실습하는 활동도 포함하고 있다.

마지막 특징으로 문학, 철학 등 전통적인 인문학 주제들이 드물다는 점이 있다. 문학 영역에서는 각각 지옥과 황무지라는 소재를 지닌 작품들을 다루는 〔지옥〕과 〔황무지〕, 오늘날 셰익스피어 작품의 의미를 탐색하는 〔왜 셰익스피어인가?〕가, 또한 철학 영역의 〔실존주의〕 강좌가 전통적인 범주에 들어간다고 할 수 있다. 31개 강좌 중 4개다. 나머지 27개 강좌들은 사회 문화적 요소가 반영된 구체적인 주제를 선택하고 있다. 이는 학생들의 토론을 원활히 하고 보다 흥미로운 글쓰기가 가능하도록 하기 위한 조치로 보인다.

앞서 예시한 강좌 주제들을 영역으로 묶어 구분한 것은 글쓴이의 개인적인 판단을 바탕으로 하였으므로 절대적이라고 볼 수 없다. 예를 들어 〔사회와 마녀〕 강좌의 경우 종교 영역으로 분류했지만 보기에 따라서는 젠더 영역으로 넣을 수도 있을 것이다. 영역 구분은 전체적인 상황을 조금이라도 손쉽게 파악하기 위한 노력이라고 보아주면 좋겠다.

또한 글쓰기 강좌의 주제들을 검토해 특징을 뽑아낸 것은 어디까지나 2018년 봄 학기 개설 강좌만을 대상으로 하였다는 점도 짚어 두어야 한다. 이는 여러 학기로 시야를 넓힐 경우 산만해질 가능성이 있다는 우려, 또한 Expos 20 개설 강좌들이 여러 학기 동안 비슷한 구성을 유지한다는 상황을 바탕으로 한 선택이다.

2017년 가을 학기를 예로 들어 비교해 보자. 당시 Expos 20은 28개 강좌가 개설되었는데 그중 26개는 2018년 가을 학기의 개설 강좌와 동일하다. 2017년 가을 학기에 개설되었지만 2018년 가을 학기에 포함되지 않은 것은 〔고딕 소설〕과 〔서부 개척의 역사〕 2개다.

2017년 가을 학기에는 없었지만 2018년 가을 학기에 개설된 강좌는 〔저자의 목소리〕 〔하버드 학생들의 친구 관계 맺기〕 〔수술의 칼날〕 〔감정의 과학〕 〔불교, 마음 챙김, 실용적 마음〕의 5개다. 1년의 시간이 흐르면서 강좌의 주제가 28개에서 31개로 늘어났지만 그대로 유지된 강좌도 26개였던 것이다. 이를 고려하면 2018년 봄 학기를 기준으로 Expos 20 강좌 주제들을 검토하는 데 큰 무리는 없어 보인다.

강좌 운영 특징③ 3단계로 깊고 넓게 확장되는 교과 과정

Expos 20은 한 학기 동안 3단계로 구분되어 진행된다. 각 단계마다 다루는 내용이 달라지고 학생들도 단계별로 서로 다른 글을 쓰게 된다. 강좌의 개요 및 강의계획서를 살펴보아도 이러한 3단계 구성이 분명히 나타난다. Expos 20에서는 단계가 아닌 단위(unit)라는 표현을 사용한다. 따라서 3단계가 아니라 3단위 구성이라고 부를 수도 있지만 각 단위가 서로 연결되어 심화 확대된다는 점을 부각하기 위해 여기서는 3단계라고 부르기로 한다.

2018년 봄 학기를 기준으로 볼 때 Expos 20은 14주 동안 진행된다. 봄 방학인 7주 차와 마지막 에세이 수정이 이루어지는 14주 차에는 수업이 없으므로 수업은 총 12주이다. 이 중 1-5주가 1단계, 6-9주가 2단계, 10-14주가 3단계이다. 각 단계별로 읽기 자료가 달라지고 읽기 자료에 대한 짧은 글 과제가 2-3회, 에세이 초고 작성 및 수정 과제가 있다. 또한 학생과 교수자와 1:1로 만나 에세이 초고 수정 방향에 대해 논의하게 된다.

다음에 몇 강좌를 사례로 들어 Expos 20의 3단계 구성을 구체적으로 살펴보자.

예술 분야의 〔충격을 안겨주는 예술〕 강좌는 "충격을 주지 않는 그림은 그릴 가치가 없다"라는 마르셀 뒤샹의 말에서 출발한다. 뒤샹 외에도 20-21세기의 여러 예술가들이 예술의 사명은 관람객을 놀라게 하고 불편하게 만드는 것이라 보았다.

이 강좌는 기존의 정치적, 도덕적, 미학적 규범을 벗어나는 작품들을 중심으로 예술과 예술가의 역할을 검토한다. 1단계에서는 19세기에 당대의 금기에 도전한 그림(마네의 〈올랭피아〉)과 시(보들레르의 〈시체〉) 작품을 살피면서 이들이 어째서 충격을 안겨주는 예술이었는지, 충격의 경험이 작품이 전달하고자 하는 메시지와 어떻게 관련되는지 알아본다.

2단계에서는 20세기로 넘어와 사진(안드레 세라노의 〈소변에 잠긴 예수(Piss Christ)〉)과 설치예술(트레이시 에민의 〈내 침대〉), 시(실비아 플라스의 〈레이디 나사로〉) 등의 작품을 감상하고 이와 함께 예술과 불복종의 관계를 주장하는 이론들도 접하게 된다. 여성, 흑인, 성소수자 예술가가 충격을 안겨주는 예술을 창작하는 주체라는 점도 짚는다.

마지막 3단계에서는 미술관, 언론매체, 대학 등의 기관이 금기를 깨는 예술과 관련해 어떤 역할을 담당하고 있으며 또한 담당해야 하는지를 논의한다. 기관은 전통을 강화하는 곳인가, 아니면 경계를 무너뜨리는 곳인가? 이 주제와 관련된 기존 학자들의 논문과 책을 읽고 함께 토론하는 과정을 거친다.

개인과 사회 분야 [사생활과 감시] 강좌는 개인 온라인 활동이 국가 보안 혹은 이윤 창출이라는 목적 하에 정부나 기업에 감시, 추적되는 오늘날의 상황을 관심사로 삼는다. 감시 사회의 도래를 한탄하거나 무언가 숨길 것이 있는 사람만 문제라고 안심하는 단순한 반응을 넘어서 사생활과 감시의 문제를 보다 심층적으로 살피는 것이 강좌의 목표이다.

1단계에서는 사생활이라고 하는 강력하지만 동시에 모호한 개념을 짚어본다. 국민들의 이메일을 읽는 국가나 네티즌의 검색 이력을 기록하는 기업들의 행동을 어떻게 바라봐야 할지에 대한 연방 법원 판사, 법학자, 철학자들의 견해를 살펴본다.

2단계에서는 미국 국가안보국이 미국 바깥에 있는 외국인의 이메일이나 통화 내용을 감시하는 것과 관련해 외국인의 사생활 권리, 그리고 그 외국인과 통신하는 미국 국민의 사생활 권리를 논의한다.

3단계는 국가가 아닌 기업, 대학, 자선단체 등의 사적 기관의 개인 사생활 감시 문제를 다룬다. 온라인에서 잊힐 권리, 검색 엔진의 정보 제공 범위, 인터넷 사용이 개인 정보 공개 동의로 간주될 수 있는지의 여부 등을 관련 연구를 바탕으로 살핀다.

문화 분야 〔식(食) 문화〕 강좌의 주제는 음식이다. 음식은 예술이 아니며 인간이나 세계, 영혼을 이해하는 데 도움이 되지 않는다는 뉴욕 타임즈 칼럼, 그리고 음식을 생산, 판매, 소비하는 방식이 우리 자신의 민족과 사회 정체성을 드러낸다는 인류학자들의 견해가 드러내는 모순이 시작점이다.

1단계에서는 '역겨운' 음식과 '정상적인' 음식을 서로 다른 문화들이 어떻게 구분하는지 살핀다. 특정 식재료가 여기서는 귀한 음식으로 대접 받는 반면 저기서는 먹을 것으로 여겨지지 않는 상황도 찾아본다.

2단계에서는 음식의 사회적 측면, 가족 구조와 민족성과 맺는 관계를 검토한다. 텔레비전 요리 프로그램이 인기를 누리는 의미에 대해 생각해본다. 인류학자 서튼과 사회학자 부르디외가 설명하는 음식 관련 기억, 정체성, 구조의 문제를 토론한다.

3단계에서는 음식이 권력과 결합되는 현상을 바라본다. 설탕 산업의 구조나 스시의 유행, 맥도널드 세계 진출 등 다양한 상황의 이면에 깔린 경제적 측면을 논의한다. 학기 중에는 인근 초콜릿 공장 견학, 다도 체험, 대학 박물관의 고대 그릇 전시 관람 등 현장 학습도 마련되어 있다.

이들 강좌의 3단계 구성을 보면 주제가 유기적으로 확장되어 가는 모습이 드러난다. 예술이 안겨주는 충격을 주제로 삼은 강좌는 19세기의 작품을 감상하고 그에 대한 논의를 검토한 후 20세기로 넘어와 작가의 특성으로 관심을 확장한다. 다음으로는 작품과 대중 사이에 위치한 기관의 역할까지 살핌으로써 작품, 작가, 감상 대중, 이론가, 기관까지 다차원을 포괄하게 된다.

온라인 활동의 감시라는 주제를 중심으로 한 강좌는 사생활이라는 개념의 범위와 의미 검토부터 시작하여 국가의 감시, 사적 기관의 감시를 나누어 바라보며 미국인과 통신하는 외국인의 권리, 인터넷 사용자의 권리 관련 논점들을 차례로 짚어나간다.

음식이 초점인 강좌에서는 무엇이 음식이고 어떤 것은 음식이 아닌지 생각함으로써 음식 개념의 다양성과 모호성을 점검하고 음식의 사회적 측면, 경제적 측면, 권력 측면을 바라본다. 이렇게 범위가 확장되어 감에 따라 주제를 바라보는 학생들의 시각과 토론도 함께 넓어질 것이다.

위에 설명한 세 강좌를 포함해 2018년 봄 학기에 개설된 31개 강좌들 전체의 3단계 구성을 〈표 2〉에 정리해 두었다. 웹사이트에 공개된 강좌 설명 및 강의계획서를 바탕으로 주제를 한 문장으로 소개하고 각 단계의 내용을 간단하게 정리하였다. 순서는 〈표 1〉을 그대로 따랐다. 〈표 2〉의 3단계 구성들은 한 주제를 한 학기 동안 다루는 과정이 어떻게 설계될 수 있는지 보여주는 다양한 사례로서 유용하다. 교수자라면 수업을 계획하고 운영하는 방법에 대해, 개인 학습자라면 자기 관심사를 발전시켜나가는 방향에 대해 생각해볼 계기가 될 것이다.

〈표 2〉 2018년 봄 학기 Expos 20 개설 강좌

예술	충격을 안겨주는 예술(THE ART OF SHOCK) – 미술은 암묵적 관행을 깨며 발전해 왔다
	1) 미켈란젤로, 에두아르 마네, 샤를 보들레르 등 당대의 금기에 도전한 미술과 문학 작품을 검토하며 충격의 예술을 역사적으로 짚어보기 2) 충격 요소를 핵심 요소로 삼는 오늘날의 예술 작품의 도덕적, 정치적 측면 살피기 3) 미술관, 언론매체, 대학 등의 기관이 금기를 깨는 예술에 대해 어떻게 접근하는지 파악하기
	사진으로 일상 기록하기(DOCUMENTING LIVES) – 과거의 카메라에서 오늘날의 SNS에 이르기까지 이어지는 일상의 사진 기록, 어디까지 신뢰하고 책임질 것인가
	1) 가족 사진 전시가 불러일으킨 사생활과 예술의 경계 논란 되짚기 2) 예술로서의 사진과 사진 저널리즘 검토하기 3) 이라크 전쟁 당시 아랍 감옥 사진 유포가 불러일으킨 디지털 시대 사실과 거짓의 문제 살피기

흑인들의 자서전(BLACK AUTOBIOGRAPHY)
– 흑인 문학에서는 자서전이 핵심 장르가 되어 왔다

1) 미국 노예 출신 작가들의 작품을 읽고 그 의미 찾기
2) 프란츠 파농 등 미국 외 지역 흑인 후손들 작품 살피기
3) 새로운 흑인 자서전 형태인 오늘날 미국의 음악, 영화, 산문 검토하기

지옥(THE UNDERWORLD)
– 지옥은 어째서 아직도 건재한 이미지로 남아 있는 것일까?

1) 신화와 문학에서 나타나는 지옥의 형태와 의미 검토하기
2) 최근 대중 문학에서 나타나는 지옥의 형태와 의미 살피기
3) 현실의 은유로서의 지옥에 대한 학생 개인 연구 수행하기

황무지(WASTELANDS)
– 문학적 공상과 현실에 모두 존재하는 황무지에 대해 검토한다.

1) 단편 문학작품들에 나타나는 황무지의 이미지 살피기
2) 쓰레기장, 산성화된 토양 등 현실 속 황무지의 상황 짚어보기
3) 학생들이 황무지 사례를 선정하여 그 형성과정과 미래 분석하기

왜 셰익스피어인가?(WHY SHAKESPEARE?)
– 4백년이 넘도록 이어지는 셰익스피어의 인기 이유를 문학적 창조성과 현 시대의 가치라는 틀로 살펴본다

1) 가장 유명한 작품 '햄릿' 읽기
2) '헨리 6세'를 둘러싼 셰익스피어 위작 논란 검토하기
3) 어째서 셰익스피어인가라는 질문의 다양한 답 모색하기

마술사와 야생의 세계(WIZARDS AND WILD THINGS)
– 어린이용 도서의 역사를 통해 어린이에 대한 개념 변화, 어린이 책 용도에 대한 논쟁을 검토한다

1) 빅토리아 시대 종교 색채가 반영된 어린이 책 살피기
2) 상상의 세계를 펼쳐 보인 아동 문학가들의 작품을 살피고 그 가치에 대한 논쟁 짚어보기
3) 어린이 책 저자를 선정해 그 문화적 역사적 맥락을 검토하는 개인 연구 수행하기

문학

규칙 깨기 (BREAKING THE RULES)
– 우리 모두의 일상은 알게 모르게 사회적 규범에 속박되어 있다

1) 미국과 해외 작가들의 단편소설을 통해 '개인 욕망 대(對) 사회적 기대' 문제 검토하기
2) 개인의 자유와 공동체의 자유를 살피는 영화들 분석하기
3) 소설, 영화, TV 시리즈 등을 바탕으로 본 오늘날 사회적 압박의 해체 경향 살피기

진짜인 척 하여 성공한다는 것 (FAKING IT TO MAKE IT)
– 명문대 가짜 학생 사건을 계기로 거짓과 실제에 대한 문화적 기준을 살펴본다

1) 소설 〈위대한 개츠비〉에서 드러나는 소문의 역할과 스토리텔링 분석하기
2) 니체와 프로이트의 진실 개념을 영화를 통해 검토하기
3) 최신 문화나 소설을 바탕으로 연구 논문 쓰기

개인과
사회

공중 보건의 역설 (PARADOX IN PUBLIC HEALTH)
– 공공 건강을 위한 노력이 개인의 자유를 침해할 수 있다는 모순을 역사와 현재를 통해 살펴본다

1) 3종 혼합백신 접종이 사회적 책임인지 혹은 개인의 선택인지 검토하기
2) 갑상선종 및 금연 운동 사례를 바탕으로 공중 보건의 목표와 관행 살피기
3) 주제를 선택하여 오늘날의 공중 보건 논쟁에 대해 연구 보고서 쓰기

사생활과 감시 (PRIVACY AND SURVEILLANCE)
– 개인의 온라인 활동을 국가가 살펴보는 것은 감시인가 보안 조치인가

1) 사생활이라는 개념 짚어보기
2) 미국인이 외국인으로부터 받은 전화와 이메일을 미국 정보기관이 모니터하는 상황의 의미 검토하기
3) '잊힐 권리' 등 기업에 대한 개인의 사생활 권리 가능성 짚어보기

개인과 사회	**저자의 목소리** (THE VOICE OF AUTHORITY) – 세상을 바꾸는 글쓰기의 방법을 고민하다
	1) 저자성에 대한 논쟁적 도서 뜯어읽기 2) 표현의 자유를 위해 많은 것을 희생한 작가들의 작품 읽기 3) 저자성이 교육, 정치, 언어, 수사 전략, 인권, 예술 등과 맺는 관계 검토하기. 설득의 방법과 전략 모색하기.
	누가 권력을 잡는가? (WHO'S GOT THE POWER?) – 어차피 소수에게 돌아가는 권력, 그 권력의 속성을 살핀다
	1) 군림하는 권력 대(對) 동행하는 권력이란 개념, 폭력이나 부와의 연결 관계 등을 검토하기 2) 20–21세기에 전체주의나 독재에 저항했던 사건들을 통해 민주주의 사회의 지배 방식 살피기 3) 최근 다큐멘터리를 감상하며 권력 이론 검증하기

역사와 사회	**마약, 마음, 미 대륙의 마약 전쟁** (DRUGS, MIND, AND WAR IN THE AMERICAS) – 마리화나 합법화를 계기로 미대륙의 마약에 대해 검토하다
	1) 안데스의 코카잎이 코카인으로 바뀌는 과정 파악하기 2) 미국 소비자의 기호에 맞도록 마약이 제조된 역사와 그 사회적 영향 살피기 3) 마약 전쟁이 미국과 남미에 어떤 영향을 미쳤는지 이해하기
	역사로서의 인권 (HUMAN RIGHTS AS HISTORY) – 인권은 무엇이며 정말로 인류 공통의 권리일까
	1) 2차 세계 대전 이후 갑자기 자리 잡은 인권 개념의 역사 살피기 2) 대량학살 사태에 강대국이 개입해야 하는가에 관한 논란 검토하기 3) 잊힐 권리, 인종이나 종교 · 성별과 관련된 인권 논쟁 파헤치기

역사와 사회	**보스턴 학교들의 평등을 위한 싸움**(SEGREGATION AND BOSTON SCHOOLS: THE FIGHT FOR EQUALITY) – 지금까지도 인종과 계층에 따라 분리가 일어나는 보스턴 학교들의 변화를 모색한다 – 현직 교사와의 만남, 고등학교 방문 등의 현장 활동이 병행된다 1) 1970년대 백인과 흑인 가족의 시각을 대비시킨 도서 읽기 2) 논쟁적인 역사의 교육을 둘러싼 논의 검토하기 3) 보스턴 공립학교들이 당면한 교육 평등이라는 과제 논의하기
	테러리즘이냐 해방 전사냐(TERRORISM OR FREEDOM FIGHTER) – 사회과학의 양적 질적 분석 방법을 통해 테러의 개념과 관련 논의를 짚어본다 1) 베트남 전쟁이 미국의 테러 개념에 어떻게 영향을 미쳤는지 살피기 2) 테러리스트의 행동 동기를 설명하는 이론들 검토하기 3) 사례를 선택하여 행동의 동기, 국제 사회의 반응 등을 분석하고 정책 제안하기

문화	**식(食) 문화**(EATING CULTURE) – 서로 다른 문화가 음식을 생산, 판매, 소비하는 방식을 통해 세상을 이해한다 1) '역겨운' 음식과 '정상적인' 음식이 어떻게 구분되는지 알아보기 2) 텔레비전 요리 프로그램을 통해 음식에 부여되는 가치 살피기 3) 음식과 관련된 물품, 경제, 윤리 등을 검토하기
	하버드 학생들의 친구 관계 맺기(SOCIAL WORLDS OF FRIENDSHIP AT HARVARD) – 캠퍼스 내 사회적 관계 형성과 이를 통해 나타나는 정체성과 차이의 문제를 짚어본다 1) 우정의 의미에 대한 에세이 검토하기 2) 사람들이 서로 연결되고 유대를 형성하는 과정을 관찰하고 분석한다 3) 개인 조사 결과를 공유하고 협력적 학습을 시도한다

젠더	**팜므 파탈 (THE FEMME FATALE)** – 상대를 파멸시키는 매력적인 여성이라는 이미지가 젠더 문제와 관련되어 분석된다 1) 20–30년대 작품들에서 드러나는 팜므 파탈의 모습 살피기 2) 70년대의 보다 강한 여성 캐릭터 검토하기 3) 오늘날의 팜므파탈을 과거와 비교하는 연구 논문 쓰기 **존경 받는 여성, 저항적인 여자 (RESPECTABLE LADIES, REBELLIOUS WOMEN)** – 여성다움을 지키려는 움직임을 세 가지 사건을 통해 바라보기 1) 세일럼 마녀 사건에서 소녀들이 마녀로 몰린 이유 검토하기 2) 19세기 말 숙녀이자 인종 차별 반대 운동가였던 여성의 삶 짚어보기 3) 숙녀와 리더 사이를 오간 20세기의 여성 인물들
철학	**실존주의 (EXISTENTIALISM)** – 존재가 본질에 선행한다는 사르트르의 말에 따르면 우리는 선택을 통해 자신을 만들어가야 할 자유를 강요당하고 있다 1) 실존주의 자료를 참고하여 우리가 스스로 가치를 만들어간다는 주장 검토하기 2) 사르트르와 시몬 보부아르 작품에서 나타나는 '공존할 수밖에 없는 존재'에 대해 논의하기 3) 실존주의 소설을 자유 선택하여 연구 논문 쓰기
과학	**화성으로 가는 길 (JOURNEY TO MARS)** – 화성 탐사와 우주 식민의 꿈을 살펴본다 1) 영화 〈마션〉 분석하기 2) 화성에서의 삶에 대한 과학, 기술, 예술적 접근 짚어보기 3) 향후 화성 탐사에 요구되는 과학과 윤리 검토하기 **수술의 칼날 (THE KNIFE'S EDGE)** – 외과 수술의 사회적 역사적 맥락을 탐색하다 1) 외과 수술의 성공과 실패 역사 살피기 2) 장기 이식 등 생명 윤리 문제 짚어보기 3) 미용 성형, 성 전환 등 개인 정체성과 사회적 지위에 영향을 미치는 수술에 대해 검토하기

	성공과 실패의 심리학 (THE PSYCHOLOGY OF SUCCESS AND FAILURE)
	– 성공, 실패, 성취, 정체성 등을 심리학 최신 이론을 통해 살펴본다
심리학	1) 개인적 요소 중심의 성공 이론 검토하기
	2) 장기 추적 연구를 중심으로 인종, 교육, 가족 경제 수준 등이 어린이의 성공 가능성에 미치는 영향 짚어보기
	3) '하버드에서 성공하려면 무엇이 필요한가?'라는 주제의 개인 연구 수행하기
	감정의 과학 (THE SCIENCE OF EMOTION)
	– 이성이 득세하며 한때 경시되었던 감정은 인간 행동의 핵심 요소이다
	1) 과학 이론들을 통해 감정의 정체를 탐구하기
	2) 개인의 주관적 경험인 동시에 인류 공통 요소라는 감정의 두 측면 살피기
	3) 인식과 감정의 상호작용 검토하기

	인간, 자연, 그리고 환경 (HUMANS, NATURE, AND THE ENVIRONMENT)
	– 환경 파괴가 가속화되는 시대에 인간과 자연의 상호작용을 살펴본다
환경	1) 19세기 작가들이 그려낸 야생의 모습 파악하기
	2) 환경 오염이 인간을 역습할 수 있음을 보여주는 도서들 검토하기
	3) 인간과 동물의 관계를 다룬 다큐멘터리 영화들 기법 분석하기

불교, 마음 챙김, 실용적 마음 (BUDDHISM, MINDFULNESS, AND THE PRACTICAL MIND)
- 오늘날 만병통치약처럼 여겨지는 마음 챙김은 진정 불교의 가르침이 맞는가
- 불교 명상을 실습하고 평가하기

1) 마음 챙김 명상에 대한 부처의 가르침 자료 검토하기
2) 서양에 불교를 낭만적인 모습으로 소개한 1948년 Eugen Herrigel의 도서 살펴보기
3) 티벳 불교를 서양에 전파한 쵸감 투른파의 가르침 이해하기

신과 국가 (GOD AND GOVERNMENT)
- 교회와 국가의 분리가 민주주의 토대라고 하지만 오늘날 종교적 신념과 윤리는 뚜렷이 구분되지 않는다

종교

1) 다종교 국가의 통치에 대한 근대 저작 살피기
2) 종교 자유에 법적 한계를 씌우는 미국과 유럽 법정의 인권 판례 검토하기
3) 세계 각지의 사례를 조사하며 현대의 국가간 갈등 파악하기

미국의 종교 다원주의 (RELIGIOUS PLURALISM IN THE UNITED STATES)
- 다양한 종교가 사회적, 문화적, 정치적, 법적으로 합의되는 상황을 짚어본다

1) 종교가 부부, 친구, 동료 등 친밀한 인간관계에 미치는 영향 살피기
2) 종교 자유를 보장하는 동시에 제한하는 헌법 조항 및 판례 검토하기
3) 종교 관련 주제를 자유 선택하여 연구 논문 쓰기

사회와 마녀 (SOCIETY AND THE WITCH)
- 마녀라는 존재는 그 사회의 규범을 이해하는 핵심 요소이다

1) 인류학자들의 마녀 관련 기록 살피기
2) 영화와 TV 시트콤, 학자들 논의를 통해 마녀라는 존재가 드러내는 계층 및 성 갈등을 파악한다
3) 학생들이 마녀와 마술 관련 주제를 선택해 개인 연구를 수행한다

각 주제들에 대한 이같은 3단계 구성은 글쓰기 과제에도 그대로 반영된다.

　〔인간, 자연, 그리고 환경〕 강좌의 강의계획서에 따르면 학생들은 1단계에서 헨리 데이비드 소로의 《산책(Walking)》을 읽고 이 책의 문학적 비유와 상징, 철학적·영적 논의를 분석하는 4-5쪽 분량의 글을 써야 한다. 2단계 과제는 레이첼 카슨의 《침묵의 봄(Silent Spring)》과 제임스 러브록의 《가이아의 복수(The revenge of Gaia)》 발췌본을 읽고 두 책을 비교 분석하는 7쪽 분량의 글쓰기이다. 3단계로 가면 환경 다큐멘터리를 감상하고 다큐멘터리 관련 비평글이나 감독 인터뷰 등 여러 자료를 참고해 자기 의견을 밝히는 10쪽 분량의 글을 쓰게 된다.

　단계가 진행되면서 과제 글의 길이와 유형이 달라진다는 점이 뚜렷하다. 첫 번째 과제가 책 한 권을 면밀하게 읽고 분석하는 것이라면, 두 번째 과제는 책 두 권을 읽고 비교 분석하며 글을 쓰는 것이다. 마지막 세 번째 과제에서는 학생이 스스로 선정한 환경 다큐멘터리 영화를 감상하고 관련된 자료를 찾아 살펴본 후 의견을 정리하여 글을 쓰게 된다.

　이러한 단계별 글쓰기 과제는 앞서 'Expos 20의 목표는 무엇인가' 부분에서 소개한 '보편적 글쓰기 과제 유형'의 단계 구성(면밀하게 읽고 분석하기 → 자료의 주장 평가 혹은 두세 자료 비교 분석하기 → 3-10개 자료를 바탕으로 학문적 논쟁에 대해 의견을 밝히거나 현상을 파악하기)을 충실히 따라가고 있다.

이러한 단계 진행은 자기주장과 의견을 담은 학술적 글쓰기를 최종 목표로 삼는 일련의 과정이라 할 수 있다. 학술적 글을 쓰기 위해서는 해당 주제에 대해 고민하면서 우선 그 주제와 관련해 다른 사람이 앞서 쓴 글을 살펴보아야 한다. 혼자서만 생각을 거듭해 의견을 정리한 글은 학술적 글이 되기 어렵다. 학술적 글이란 나보다 앞서 이루어진 논의, 그리고 내 뒤를 이어 향후 이루어질 논의를 연결하는 다리 역할을 해야 하기 때문이다.

책 한 권을 면밀하게 살피는 1단계는 학술적 글쓰기의 첫 과정이다. 글쓴이가 어떤 주장을 어떻게 펼치고 있는지, 어떤 면에서 그 주장이 설득력을 지니는지 혹은 그렇지 못한지 정리하는 것이다. 두세 자료를 비교하는 2단계로 가면 그 주제와 관련된 앞선 논의를 더 넓은 관점에서 보게 된다. 여러 글쓴이들이 어떤 공통점과 차이점을 보이는지, 어떻게 주장이 달라지며 어느 쪽이 더 설득력을 지니는지 살피다 보면 내가 관심을 갖고 문제 삼을 지점이 무엇인지 점차 분명해진다.

더 많은 자료를 바탕으로 하여 내 의견을 구체적으로 밝히게 되는 마지막 3단계는 앞선 두 단계를 바탕으로 하여 학술적인 글을 완성하는 종착역이 된다.

강좌 운영 특징④ 무엇을 쓸 것인지 명확하게 한다

Expos 20 강의계획서를 보면 각 단계에서 어떤 에세이를 써야 하는지 제시되어 있다. 〔인간, 자연, 그리고 환경〕 강좌 (27)의 강의계획서는 단계별 에세이 과제를 다음과 같이 설명한다.

1단계	단일 텍스트 면밀히 분석하기

- 문학적 비유와 상징, 철학적 영적 논의 등이 풍부하게 담겨 있는 헨리 데이비드 소로의 에세이집 《산책(Walking)》을 읽고 해석하기
- 텍스트 전체 뿐 아니라 특정 문단과 부분에서도 해석의 근거를 제시할 것
- 4–5쪽 분량으로 쓸 것
- 관심 있는 지점을 찾아 자신만의 강력하고 일관된 주장을 펼칠 것
- 인터넷을 비롯한 외부 자료는 참고하지 말 것

2단계	두 텍스트 비교 분석하기

- 레이첼 카슨의 《침묵의 봄(Silent Spring)》(1962)과 제임스 러브록의 《가이아의 복수(The revenge of Gaia)》(2006) 발췌본을 읽고 두 책을 비교 분석하기
- 두 저자의 논의가 서로 어떻게 관련되는지 밝힐 것
- 텍스트를 면밀하게 분석하고 분명한 논제를 제시한 후 텍스트에서 근거를 찾아 주장을 펼칠 것
- 반론을 고려하고 저자들의 저술 당시 상황 맥락도 살필 것

3단계	다큐멘터리 영화 분석하기/다수의 자료를 찾고 활용하기

- 다큐멘터리 영화 〈그리즐리 맨(Grizzly Man)〉과 〈블랙피쉬 (Blackfish)〉 중 하나를 글감으로 선택할 것
- 논제를 정하고 학계의 연구, 영화평, 감독 인터뷰 등 관련 자료를 스스로 찾을 것
- 영화와 자료들을 나름대로 분석, 평가, 종합할 것
- 10쪽 분량으로 쓸 것

우선 각 에세이의 목적이 단일 텍스트 분석인지, 두 텍스트 비교 분석인지, 다수 자료를 활용한 영화 분석인지 분명히 제시되어 있다.

첫 번째 에세이는 외부 자료를 참고하지 않고 오로지 분석 대상 텍스트에서만 해석의 근거를 찾으며 자기 생각을 논리적으로 쓰는 글이다. 두 번째 에세이는 두 책을 비교하고 텍스트에서 근거를 찾으며 관련성을 주장하는 글이다. 시기적으로 차이가 나는 책들이므로 시대 맥락도 살펴보라는 요구가 덧붙어 있다. 마지막 세 번째 에세이는 앞선 두 과제에 비해 학생들의 자율권이 확대된다. 분석 대상 다큐멘터리 영화를 둘 중 하나로 선택할 수 있고 관련 자료도 직접 찾아 종합하도록 되어 있기 때문이다.

글의 목적, 분량, 요구사항, 주의사항이 모두 포함된 이 과제 지침은 매우 구체적이다.

강의계획서에 비해 한층 더 구체적인 지침이 강좌 진행 중에 별도 배포되는 경우도 있다. 이는 2018년 초 Expos 20 신규 교수자 선발을 위해 인터넷에 공개된 자료를 통해 추측 가능하다. 교수자로 선발되기 위한 지원 서류 중에 학생 예시 글에 대한 비평이 포함되었는데 이때 학생 예시 글과 함께 별도의 서면 과제 지침이 주어졌던 것이다. 그중 하나[8]를 소개하면 다음과 같다.

---

8 https://drive.google.com/file/d/0B0qZrfQBAFtnalgxOHVFOHBnN1U/view

소외와 통제
– 이론 검증 작업

초안 제출: 10/29 수요일 오전 11시
초고 제출: 11/3 월요일 오전 9시
수정본 제출: 11/14 금요일 오후 6시

　수업의 두 번째 단계는 마르크스의 유적 존재(species being) 개념, 그리고 노동의 창조적 잠재력에 대한 주장을 검토하는 것으로 시작될 것이다. 마르크스는 노동자가 자신의 노동에서 어떻게 소외되는지, 그 결과가 무엇인지 설명했다. 그 소외 개념에서 출발한 해리 브레이버먼의 저서 《노동과 독점 자본》은 현대 자본주의 노동, 특히 테일러주의 대량 생산 방식의 노동 상황을 살핀다. 브레이버먼은 자본주의 사회의 노동이 관례화, 비숙련화, 그리고 정신과 육체 노동의 분리를 특징으로 한다고 주장한다. 이러한 분석은 노동자의 업무 통제, 그리고 직장의 갈등 및 협력 역학에 시사점을 갖는다.

과제

뉴저지 주 화학공장 노동자들에 대한 문화기술 연구인 데이비드 홀(Halle)의 《미국 노동자(America's Working Man)》혹은 맥도널드 노동자들에 대한 문화기술 연구인 로빈 리드너(Leidner)의 《패스트 푸드, 패스트 토크(Fast Food, Fast Talk)》중 하나를 선택해 마르크스나 브레이버먼이 설명한 소외 이론을 비판적으로 분석해 6-7쪽의 에세이를 작성하라. 간단히 말해 화학 공장이나 맥도널드 노동자들의 경험에서 어떤 소외가 어느 정도 드러나는지 평가하면된다. 노동자들은 노동 과정에서 어느 정도 통제권을 발휘하며 이는 어떤 시사점을 갖는가? 노동자들의 경험이 소외 이론과 다른 점이 있다면 어떤 면에서(혹은 어느 정도) 그러한가? 홀과 리드너의 책에서 소외라는 결과를 찾아볼 수 있는가? 이들 문화기술 연구들은 소외 이론을 어떻게 보완 혹은 반박하는가?

이론 평가하기

과제는 소외 이론을 평가하는 것이다. 좋은 이론이란 무엇인가? 이론을 평가한다는 것은 어떤 의미인가? 사회과학에서는 이론이 '옳다'거나 '틀리다'고 단순하게 평가할 수 없다. 그 이론이 아니었다면 불가능했을 통찰력을 주는지 묻는 것이 더 적합하다. 소외 이론은 미처 몰랐던 사회의 무언가를 보여주고 있는가? 이론은 우리에게 무언가 기여를 해야 한다. 좋은 이론은 그 이론이 없었다면 불가능했을 수준까지 우리의 이해를 높여준다.

이론을 평가하는 또 다른 방식은 그 적용 범위를 살피는 것이다. 모든 사회과학 이론은 특정 현상을 중심으로 한다. 한 이론이 모든 자료를 설명해내는 것은 아니다. 이론은 충분한 사례를 바탕으로 일관된 '해석틀'을 만들어내는가? 이 이론으로는 설명되지 않는 것이 너무 많아 정확한 현실 반영을 못하고 있지는 않은가?

사회과학 이론은 늘 해석적이다. 일련의 데이터를 바탕으로 그 의미를 해석해내는 것이다. 이론 평가는 증거 해석에 대한 평가이기도 하다.

앞으로 쓸 글은 소외 이론에 대한 자신의 평가이다. 소외 이론을 살펴볼 때는 (처음 이론을 세운) 마르크스를 바탕으로 할 수도, (오늘날 상황을 더 잘 보여주는) 브레이버먼을 바탕으로 할 수도, 혹은 둘 다 가져올 수도 있다. 소외 이론이 노동자 경험의 일부 측면은 설명하지만 나머지는 아니라고 주장할 수도 있다. 특정 사례를 잘못 해석했다는 주장도 가능하다. 화학공장이나 맥도널드 노동자들의 경험이 소외 이론의 범위를 벗어난다는 결론을 내리고 이론의 한계를 짚어볼 수도 있다. 다시 말하지만 과제의 핵심은 이론이 옳거나 틀렸다는 판정이 아닌 그 강점과 약점에 대한 치밀한 검토이다.

반론

에세이를 쓰면서 반론에 주의를 기울여야 한다. 주어진 증거를 해석하는 방법은 다양하다. 이 점을 꼭 기억해야 한다. 반론을 예상하고 막는 것은 자기주장을 더욱 강화해준다.

독자를 이끌어가기

하나 이상의 출처를 다루는 상황이므로 한 텍스트에서 다른 텍스트로, 한쪽에서 다른 쪽으로 넘어갈 때 독자들이 잘 따라오도록 해줘야 한다. 출처를 분명히 표기하는 것도 중요하다. 주장이나 인물, 상황에 대해 요약 제시하는 부분을 두어 독자가 흐름을 놓치지 않도록 하라. 사례나 인용과 관련해 독자들이 맥락을 파악하도록 해야 한다.

과제를 위해 주의 깊게 읽기, 이론적 주장의 요약, 주장을 뒷받침하는 증거 제시, 그리고 나름의 글 완성이 필요하다. 과제 완성을 위해 다음 단계를 따르도록 하라.

1) 마르크스와 브레이버먼 혹은 둘 중 하나에서 등장하는 소외 이론을 요약하기

2) 홀이나 리드너의 책을 주의 깊게 읽으면서 소외 이론을 지지 혹은 반박하는 부분 찾기. 특정 증거가 이론에 직접 적용되는지 예외적인지 평가해야 한다는 점을 기억하라.

3) 자기 글을 발전시키기. 문화기술 연구들이 마르크스와 브레이버먼의 이론을 지지 혹은 반박하는지, 어떻게 지지 혹은 반박이 되는지 밝히는 글을 써야 한다. 글은 구체적이어야 한다. 홀이나 리드너의 설명이 소외 이론을 지지 혹은 반박하는 지점이 어딘지 드러내야 한다.

4) 글을 쓰면서 대안적 주장을 의식하기. 예를 들어 홀의 연구가 브레이버먼 주장을 뒷받침한다고 주장하는 입장일 때 정반대로 생각하는 누군가의 반박에 대해서는

어떻게 재반박하겠는가?

이상은 2008년 가을 학기에 진행된 Expos 20〔현대 세계의
노동〕강좌의 두 번째 단계에서 부과된 에세이 글쓰기를 위
해 학생들에게 전달된 과제 지침이다. 3쪽 1127단어나 되는
적지 않은 분량이다.

먼저 '소외와 통제 – 이론 검증 작업(Test a Theory)'이라는 제목이 붙어 있다. 소외와 통제 관련 이론을 실제 사례를 통해 검증하는 글쓰기이다. 이어 시간까지 명시된 과제 제출 기한이 나오는데 초고 – 수정본이 아니라 초안(predraft) – 초고(draft) – 수정본(revision)의 순서로 초안 과정이 덧붙어 있다. 초안이 어떤 모습인지는 이 과제 지침만으로 알 수 없다. 초고를 쓰기 위한 대략적 얼개가 아닐까 추측된다. 일정은 초안에서 수정본 제출까지 총 보름 동안 이어지는데 11/3에 초고를 제출하고 교수자와 1:1로 만나 피드백을 받은 후 11/14에 수정본을 제출하도록 되어 있다.

첫 문단에서 두 번째 단계 수업 계획이 설명되는 것으로 보아 이 과제 지침은 한 학기 수업이 두 번째 단계로 들어가기 직전에 배포된 것으로 여겨진다. 이 문단은 강좌 2단계가 마르크스의 노동 소외 개념, 그리고 브레이버먼의 현대 자본주의 노동을 중심으로 한다는 점을 알린다.

다음 문단에서 구체적인 과제가 부과된다. 오늘날 미국의 노동 상황을 보여주는 연구서 두 권 중 하나를 선택해 그 내용을 수업에서 다룬 두 학자의 이론과 연결하는 글쓰기이다.

이 외에도 과제 지침은 1) 이론을 평가하는 데 어떤 방식이
존재하는지 설명하고, 2) 반론을 예상하고 막아야 한다는 점,
3) 여러 출처가 인용되는 상황에서 독자가 흐름을 놓치지 않
도록 배려해야 한다는 점, 4) 과제 수행을 위해 학생들이 거
쳐야 하는 단계, 5) 표지글[9] 작성 방법을 포함하고 있다.

서면 과제 지침이 모든 강좌에서 제공되는지는 확실하지
않다. 하지만 교수자 선발 과정에서 공개된 세 편의 예시글
각각에 과제 지침이 있었다는 점, 제출 기한이 명기된 만큼
이 과제 지침은 교수자 선발을 위해 작성한 문서가 아니라 실
제 강의실에서 배포된 문서로 보인다는 점을 바탕으로 볼 때
많은 경우 서면 과제 지침이 주어지는 것으로 판단된다.

공정하고 합리적인 평가 방식의 모색

무엇을 어떻게 평가하는가는 결국 교과목의 목표와 운영
원칙을 반영한다. 그리하여 평가는 교과목 전체의 모습을 보
여주는 창문의 역할을 하게 된다.

Expos 20의 평가는 에세이 세 편의 수정본을 중심으로 한다.

---

9 여기서 표지글(cover letter)는 글의 핵심 질문이나 글쓴이의 말, 한계점, 도움
요청 등을 담은 일종의 '독자에게 보내는 편지'라 할 수 있다. 글쓴이가 원하는
경우 글 앞에 붙여 제출하게 된다.

초고는 평가 대상이 되지 않는다. 강좌별로 약간의 편차는 있지만 에세이 세 편 수정본에 대한 평가 비중은 대개 90%에 달한다. 강좌 후반으로 갈수록 에세이에 대한 요구 조건이 까다로워진다는 점을 반영하는 듯 평가 비중도 따라서 높아진다. 첫 번째 에세이 수정본이 20%, 두 번째 에세이 수정본이 30%, 세 번째 에세이 수정본이 40%인 경우가 가장 많다. 수업 참여와 짧은 글 과제 등이 나머지 10%로 성적에 반영된다.

글 평가 비중이 90%라는 것은 Expos 20이 글쓰기 결과물을 얼마나 중시하는지 보여준다. 얼핏 보기에는 과도한 비중으로 느껴질 수 있다. 성실도나 참여도 평가가 상대적으로 너무 경시되는 것은 아닐까?

하지만 속을 들여다보면 꼭 그렇지는 않다. 출결이나 마감 시한 준수는 평가를 받기 위한 기본 요건이다. 사전에 정해진 출결이나 마감시한 기준을 지키지 못하면 아예 학점 부여 대상에 들어가지도 못하는 것이다. 질병 사유를 제외한 결석이 2회를 초과하면 학점을 받을 수 없다. 10분 이상 지각도 결석으로 처리되므로 두 번 이상 지각하면 역시 학점을 받을 수 없다. 따라서 출결은 성적 평가 기준이 아니다. 글쓰기 과제를 제 시간에 제출했는지의 여부도 평가 기준이 아니다. 정해진 일정에 따라 에세이를 써서 제출하지 않으면 역시 학점을 받을 수 없기 때문이다. 2회 결석하거나 과제 마감을 지키지 못하면 경고 조치가 취해지고 학생의 기숙사 사감에게도 통보되어 기숙사 측의 관리 통제가 시작된다. 과제 마감의 경우 사전 허락을 구한 후 한 학기 한 차례 마감을 24시간 연장할 수 있는 와일드카드 제도를 사용할 수 있다. 마감 일정을 지키지 못하는 경우 연장 일정이 제시되고 연장 일정마저 지키지 못하면 학점 이수가 불가능하다. 표절 글을 제출하는 학생은 학점을 이수하지 못하는 것은 물론 대학 당국에 사안이 통보되어 퇴학 처분을 포함한 처벌을 받게 된다.

에세이 수정본의 평가 기준은 무엇일까?

〔마약, 마음, 미 대륙의 마약 전쟁〕강좌 강의계획서에는 ABCD 네 등급의 의미가 제시되어 있다.

등급	평가기준
A	• 탁월하고 완전한 글 • 제기한 문제를 글 앞, 중간, 뒤쪽 모두에서 유지하는 글 • 흥미로운 논제를 제시하고 근거를 잘 선택한 글 • 대안적 해석이나 관점을 언급한 글 • 상투적 표현이 적고 독자를 끌어당기는 글 • 학습한 내용이나 남들의 생각을 반복하는 데 그치지 않고 논의를 전개하는 글 • 명료하고 세련된 문장
B	• 여러 면에서 훌륭하지만 한두 가지 중요한 부분에서 보완이 필요한 글 • 목표했던 부분 일부를 다루지 못했거나 나머지 부분과 동떨어진 내용이 있는 글 • 근거의 연결성이 부족한 글 • 근거의 맥락이 충분히 다뤄지지 못해 독자가 읽으면서 연결고리를 찾아야 하는 글 • 논제 제시 단계에서부터 한계가 있어 전개와 논증이 평이한 글 • 대체로 명료한 문장
C	• 잠재성은 보이지만 불분명한 논제, 혼란스러운 구조, 설득력 없는 근거, 명료하지 못한 문장 등 결함이 두드러지는 글 • 논지를 발전시키기 보다는 같은 내용을 반복하는 글 • 너무 많은 사항을 간략하게만 제시하는 글 • 구두점, 문법, 맞춤법, 문단 나누기 등에 문제가 있는 글 • 내용요약에 그치거나 논증 대신 비체계적인 의견 제시에 그친 글
D	• 심각한 정도로 과제의 목표 달성을 이루지 못한 글

이 등급 설명에서 평가 기준을 뽑아내자면 분명한 논제와 근거, 일관된 구성, 표현과 관점의 독창성, 독자의 즐거운 읽

기가 가능한 글 정도로 압축된다. 흥미롭고 분명한 논제가 제시되며 설득력 있는 근거로 뒷받침이 된 글, 동떨어진 내용 없이 전체적인 구성이 일관되게 흘러가는 글, 표현과 관점 면에서 글쓴이만의 독창성이 드러나는 글, 독자들의 사고를 확장시키고 영감을 주는 글이 좋은 글이라는 것이다.

3

하버드 글쓰기의 완성을 위한
또 다른 Expos 교과목

하버드에도 선행학습이 있다? _예비 교과목 Expos 10

Expos 10은 필수 교과목 Expos 20에 앞서 수강할 수 있는
예비 교과목이다. Expos 10은 수강 인원이 10명으로 제한되
어 15명인 Expos 20보다 더 적다. 주제는 정해져 있지 않다.
아이디어를 발전시키고 조직하며 명료화하는 연습, 자료를
비판적으로 분석하고 논증하는 연습이 이루어진다.

학생들은 짧은 글부터 시작해 학문적 논증의 핵심 요소
들을 여러 차례 연습한 후 학기말에 한 편의 에세이를 쓰게
된다. 수업은 Expos 20과 마찬가지로 한 주 2회 회당 75분
이다.

Expos 10 수강 여부는 학생들이 자발적으로 선택한다. 글쓰기 경험이 별로 없는 것, 학술적 에세이 형식에 익숙하지 않은 것, 분석적 글쓰기를 더 연습하고 싶은 것, 글쓰기에 자신감이 없는 것 등이 Expos 10 수강을 선택하는 이유가 된다. 선택을 돕기 위한 장치로 가을 학기 시작 전에 입학예정자들을 대상으로 온라인으로 시행하는 배치 시험이 있다. 배치 시험은 72시간이라는 한정된 시간 동안 특정 주제에 대한 세 개 자료 총 30쪽 분량을 읽고 논증적 에세이를 작성해 업로드하는 방식이다. 시험 결과 Expos 20을 바로 수강하기 어렵다고 판단되는 학생에게는 Expos 10 수강이 권고된다. Expos 10을 듣기로 결정한 학생은 입학 첫 학기인 가을에 Expos 10을 수강하고 두 번째 학기에 Expos 20을 수강하여 글쓰기 필수 이수를 마치게 된다.

Expos 10 교과목의 역사는 상대적으로 짧다. 글쓰기에 자신이 없고 여러 어려움을 겪는 학생들에게 한 학기의 필수 교과목 이수가 충분치 않다는 판단에 따라 1985년에 최초로 배치 시험을 실시했고 입학 예정자 1600명 중 48명에게 예비 교과목 수강을 권고했다고 한다. Expos 10이라는 교과목 명칭은 시험 실시 두 번째 해인 1986년에 정해졌다.

2017년 가을 학기에 개설된 Expos 10 강좌는 17개이다. 모든 강좌가 10명씩 수강인원을 채운다고 했을 때 수용 인원은 170명이다. 입학 첫 학기인 가을 학기에만 개설된다는 점을 감안해 판단하면 한 해 입학생 약 1700명 중 10% 정도가 Expos 10을 수강한다고 대략 추정할 수 있다.

글쓰기 프로그램은 하버드 대학교 학생들이 글쓰기에서 겪는 어려움을 다음 9가지로 정리한다. 그리고 이런 어려움을 크게 느끼는 경우 Expos 10을 먼저 이수하고 이어 다음 학기에 Expos 20을 수강할 것을 권고한다.

① 글쓰기 능력에 자신이 없다

② 글쓰기를 시작하기가 어렵다

③ 글쓰기 과정에서 쉽게 포기한다

④ 처음부터 한 문장씩, 혹은 한 문단씩 써가려 한다

⑤ 글쓰기를 한 번에 완성하려 한다

⑥ 글쓰기 과제를 합격 혹은 불합격의 시험으로 여긴다

⑦ 글쓰기를 학습이나 발견의 도구로 활용하는 대신 이미 명백히 아는 것만 쓰려고 한다

⑧ 글쓰기 문제란 어휘력, 문장력, 문법, 쓰는 속도에 있다고 생각한다

⑨ 의미보다는 형식과 외형에 더 관심을 기울인다

이 목록에 등장하는 것들은 충분히 납득할 만한 어려움이다. 처음부터 완성된 문장과 문단을 써내려가 글을 완성하려는 시도는 실패로 돌아가기 십상이고 결국 글쓰기에 자신감을 잃게 만든다. 생각을 정리하여 핵심 논제를 만들고 말하고자 하는 바를 어떻게 전달할지 개요를 작성하는 과정이 글쓰기에는 핵심적이기 때문이다. 그 누구에게든 글쓰기가 쉽지 않다는 깨달음도 중요하다. Expos 10은 짧은 글쓰기 연습을 여러 차례 반복하며 기본기를 닦는 데 집중한다.

Expos 20과 차별화된 Expos 10의 특징은 10명의 소수 강좌로 더 많은 피드백과 교수자와의 더 심도 깊은 1:1 만남 (conference) 지도가 가능하다는 점, 에세이 세 편이 아니라 한 편만 쓴다는 점, 과정으로서의 글쓰기와 학습이 강조되며 구두 발표를 연습할 기회도 주어진다는 점, 읽기 자료의 분량이 상대적으로 적다는 점 등으로 정리할 수 있다. 수강생들에게는 문장 쓰기, 단락 구성, 논증을 주제로 한 워크숍 기회도 제공된다.

Expos 10에서 학생들이 쓰게 되는 글은 어떤 모습일까? 2018년 신규 교수자 채용 과정에서 공개된 Expos 10 글쓰기 과제 2건이 부분적으로나마 참고가 될 것이다.

과제는 다음과 같다.

과제 1. 하버드 미술관 증개축에 3억5천만에서 4억 달러의 비용이 소요될 예정이다. 하버드 발전계획수립 위원회의 일원으로서 이렇게 막대한 비용이 드는 증개축을 해야 할 것인지의 여부를 주장하는 3쪽의 편지글을 써라. 미술관 소장 작품, 미술관의 특징적 요소, 예술의 가치나 기부에 관련된 글을 참고할 수 있다.

과제 2. 하버드 대학교는 여러 건물들에 초상화들을 전시하며 역사와 정신을 보여주고 있다. 총장 자문 위원회의 일원으로서 대학교 내 한 장소를 선택해 그 곳의 초상화들이 하버드에 대해 무엇을 말해주고 있는지 설명하고 어떤 변화가 필요한지 제안하는 글을 써라.

이상의 두 과제는 우선 하버드 대학교 내부의 의사결정 문제를 중심으로 한다는 점이 특징적이다. 신입생으로서 아직 적응 과정에 있는 수강생들이 보다 적극적인 태도로 하버드 대학이 당면한 문제를 인식하고 경험할 기회를 제공하는 것이다. 다음으로는 편지나 제안서라는 형태로 주장을 펼치도록 한다는 점이 눈길을 끈다. 학술적 에세이에 비해 형식적 부담은 덜하지만 자기주장은 분명하게 드러나야 하는 상황이 주어져 있다.

과제 1의 작성 지침을 보면 이런 형식의 글이 학술적 에세이에 비해 독자를 보다 구체적으로 상정하게 해준다는 것, 상대를 설득하기 위한 전략을 구상해야 한다는 것, 의사결정자에게 영향을 미치기 위한 글쓰기를 연습한다는 것 등의 강점을 가진다고 나온다. 학생들에게 위원회의 일원이라는 가상적 역할을 부여하는 것도 이런 강점을 살리기 위한 조치로 판단된다.

두 과제 모두 지정된 자료를 선택하여 읽거나 혹은 수업 중에 함께 읽은 후 참고하여 글을 쓰도록 하고 있다. 학술적 에세이는 아니지만 혼자 머릿속으로만 생각하여 쓰는 것이 아니라 다른 사람의 주장을 검토하고 논리적으로 접근하도록 요구하는 것이다.

하버드의 글쓰기와 말하기 _병행 교과목 Expos 40과 Expos 50

Expos 40과 Expos 50은 학생들이 원하는 경우 추가로 들을 수 있는 Expos 교과목이다. 필수 수강 교과목이 아니므로 개설 강좌수도 많지 않고 중요도는 떨어진다. 하지만 Expos라는 명칭을 공유하며 '사고와 표현'이라는 큰 영역 안에 함께 묶여 있는 만큼 간단히 살펴보도록 하자.

Expos 40은 '공적 말하기'를 실습하는 교과목이다. 즉석 말하기, 개요를 바탕으로 말하기, 원고를 준비해 말하기 등 여러 형태의 말하기를 실습하게 된다. 그 과정에서 설득 논증의 구성과 조직, 비판적 사고, 청중과의 소통, 목소리와 자세 교정, 자신감 제고 등을 경험하도록 한다. 실습에 전체 시간의 80% 이상을 할애하고 이론 검토, 자료 읽기, 토론에 나머지 20%를 쓰는 방식이라고 한다.

실습은 자기소개(1-2분), 설명 말하기(4-5분), 행동 촉구 말하기(6-7분), 태도 변화 말하기(8-10분), 즉석 말하기(1-2분)이다. 실습 후에는 교수자와 동료 수강생들의 건설적 비평이 이루어진다. 실습 외에 연설 분석, 테드(TED) 동영상 분석, 자신의 실습 성찰 등의 쓰기 과제가 부여된다.

강좌별 인원은 12명으로 제한된다. 2018년 봄 학기의 경우

Expos 40은 5강좌가 개설되었다. 사전 신청을 받고 수강생을 선정하는 방식인 것으로 보아 강좌 수요는 꽤 많은 것으로 판단되는데 실제로 수강할 수 있는 학생은 5강좌가 모두 정원을 채운다 해도 60명 정도이니 많지 않다.

Expos 40 수강생은 한 학기에 한 번 이상 학부생 튜터를 만나 실습 지도를 받도록 되어 있다. 학부생 튜터는 과거에 Expos 40을 수강했던 학생들로 학부생 동료들의 구두 발표나 시험, 토론, 기타 강의나 교과 외 활동에서의 공적 말하기를 도와주는 역할을 맡는다.

한편 Expos 50은 학술적 에세이를 넘어서 다양한 장르의 글쓰기를 연습하는 교과목이다. 기자, 정치인, 인류학자, 시인, 뇌과학자 등 다양한 필진의 글을 분석하고 온라인 및 전통적 방식의 글쓰기를 경험하게 된다고 한다. 수강생 수는 Expos 40과 마찬가지로 12명이다.

2018년에는 Expos 50 강좌가 개설되지 않은 것으로 보아 강좌의 지속성은 다소 떨어진다고 판단된다.

하버드 Expos 20 교과목 운영 방식은
우리의 글쓰기에 어떤 교훈을 주는가?

하버드 Expos 20이 주는 교훈은 한 마디로 이렇게 정리된다.

"기본으로 돌아가 우직하게 쓰는 수밖에 없다는 것, 글쓰기는 결코 쉬운 일이 아니다, 우직한 노력을 반복하지 않고는 글을 잘 쓰기 어렵다."

쉽고 간단하게 글쓰기를 해치우는 방법은 없다

글쓰기라는 골칫거리를 단번에 해결해주겠다고 나서는 사람이나 책이 적지 않다. 공식을 만들기도 하고 핵심 요소를 제시하기도 한다. 궁극적으로는 글쓰기에 도움이 되는 이야기임에 틀림없지만 '이것만 알면 글쓰기는 다 된다'라는 식의 결론은 곤란하다. 글쓰기는 활동이고, 활동이라면 다 그렇듯 실제 해보는 경험의 축적이 필요하다. 자꾸 써봐야 하는 것이다.

하버드 Expos 20은 전교생이 필수로 들어야 하는 유일한 교과목이다. 유일한 필수라는 말은 그만큼 중요하다는 의미이지만 바꿔 생각하면 자발적으로 선택해 수업을 듣기가 그만큼 힘들다는 뜻도 된다. 글을 쓰려면 일단 시간을 내야 한다. 좋은 글을 쓰려면 충분한 시간과 노력이 들어가야 한다. 너나할 것 없이 바쁜, 게다가 관심을 사로잡는 흥밋거리가 넘쳐나는 요즘 세상에 결코 쉽지 않은 요구다.

글을 쓰기에 앞서 우선 시간과 노력을 들이겠다는 각오가 필요하다. 글이 손쉽게 써질 것이라는 근거 없는 기대는 아예 접어두는 편이 좋다.

읽고 경험하고 생각을 거듭해야 글을 쓸 수 있다

하버드 Expos 20은 학생들이 글을 쓰기에 앞서 관련 자료를 읽도록 요구한다. 학생들은 교수자가 지정한 자료를 미리 읽고 강의실에 모여 그 내용을 토론한다. 글을 쓰기 위한 준비 작업으로서의 읽기는 평소의 읽기와 다르다. 글 쓴이가 어떤 주장을 어떻게 펼치는지, 그에 대한 내 생각은 어떤지 꼼꼼하게 따져야 한다. 이러한 읽기를 바탕으로 여럿이 함께 이야기를 나누다 보면 자기 의견이 한층 분명

해지기도 하고 미처 생각하지 못했던 부분을 발견하기도
한다.

더 나아가 하버드 Expos 20에는 현장 활동이 포함된 강
좌들도 있다. 직접적인 경험 또한 글을 쓰는 데 중요한 바
탕임을 보여주는 사례다.

글은 손끝에서 나오는 것이라 여기기 쉽지만 실은 오랜
고민과 생각에서, 경험과 관찰에서 나온다는 점을 기억할
필요가 있다.

쓰기 전에 미리 계획해야 한다

하버드 Expos 20에서 쓰는 글은 계획 단계를 거친다. 교
수자가 제공하는 상세한 지침 자체가 1차 글 계획이 되고
학생들은 다시 그 지침에 맞춰 초안을 잡는다.

글 계획은 글이 어떤 내용을 담아 어떻게 흘러갈지 큰 그
림을 그리는 것이다. 큰 그림이 없다면 글은 원하는 종착지
에 도달하기 어렵다. 앞에서는 이 얘기 하다가 뒤에서는 저
얘기로 엉뚱하게 마무리되기도 한다. 물론 글쓰기 과정에
는 늘 즉흥적 요소가 개입되기 마련이지만 이 즉흥은 큰 그
림이라는 배경 안에서 비로소 힘을 발휘하게 된다.

좋은 글을 쓰려면 계획 과정에 시간을 할애하라. 무작정

첫 문장을 시작하기보다는 어느 어느 단계를 거쳐 어디로 가고 싶은지 먼저 생각하라. 그저 써내는 데 급급한 상황에서는 결국 제대로 정리되지 않은 글, 독자와 충분히 소통되지 못하는 글을 쓸 수밖에 없다.

글은 단번에 쓰이지 않는다. 고쳐 써야 한다

하버드 Expos 20에서 학생들이 쓴 모든 글은 수정된다. 초고 제출 후 교수자의 서면 피드백과 대면 상담을 거쳐 수정본이 만들어진다. 글에 대한 평가가 모두 이 수정본을 대상으로 이루어진다는 점도 인상적이다. 글을 완성하려면 고쳐 쓰는 과정이 반드시 필요하다는 것을 다시금 확인하게 하는 원칙이다.

열심히 읽고 생각한 후 계획을 세워 글을 완성했다 해도 그대로 독자에게 보내버리는 것은 위험하다. 며칠이라도 시간차를 두고 독자 입장이 되어 다시 읽어볼 필요가 있다. 그러면 맞춤법이나 어법에서, 전체의 흐름에서 미진한 부분이 나올 것이다. 내 글이 독자와 충분히 상호작용하지 못하도록 방해하는 요소들을 이렇게 제거할 수 있다. 읽는 이를 배려하는 친절한 글쓴이가 되려면 반드시 고쳐 쓰는 과정이 필요하다.

하버드 Expos 20은 신입생들이 수강하는 한 학기의 글쓰기 수업이다. 하지만 그 수업의 효과가 한 학기에 그치지 않도록 다양한 장치가 마련되어 있다. Expos 20에서 요구하는 글쓰기는 학부 교과목들에서 부여되는 과제와 유사한 형태로 맞춰져 있고, 글쓰기 필수 강좌의 교육 내용이 전공 교과목 글쓰기와 연결되어 반복 심화되도록 Expos 20 주관 기관은 전공 교수자들에게 필요한 정보를 제공하고 협력한다.

한 학기의 수업으로 글쓰기 능력이 일취월장할 수는 없다. 아니, 어쩌면 학부 4년으로도 충분하지 않을 것이다. 글쓰기는 살아가면서 평생 갈고 닦아야 하는 능력이다. 써야 하는, 혹은 쓰고 싶은 글의 주제와 형식이 달라질 것이고 선호하는 문체도 바뀌기 마련이다.

그렇다면 대학의 글쓰기 수업은 어떤 의미를 갖는 것일까? 글쓰기라는 소통의 의미에 대해 진지하게 생각해보는 경험, 자신의 글쓰기가 지닌 강점과 약점을 파악할 기회, 그리고 향후 조금이라도 더 잘 쓰고자 노력하게 만드는 동기부여의 측면이 더 클 것이다.

HARVARD
WRITING

2부

COLLEGE
PROGRAM

하버드 글쓰기
프로그램의
트리니타스(시스템)

I

Expos 20의 참여자, 학생은 누구인가?

한 교과목이 어떤 목적을 지니고 어떻게 운영될 것인지 결정할 때 가
장 크게 고려해야 하는 요소는 그 교과목을 수강하는 학생들이다. 학
생의 특성과 자질을 염두에 두지 않고 교과목을 계획하거나 평가하기
란 불가능하다. Expos 20을 수강하기 이전에 학생들이 경험한 글쓰기,
Expos 20에서 학생이 쓴 사례 글, 마지막으로 Expos 20에 대한 학생들
의 의견들에 대해 살펴보면서 학생이라는 구성요소를 살펴보도록 하자.

1

하버드 입학 전의 글쓰기 경험 ①
고교 시절의 5단락 글쓰기

 대학생이 되어 Expos 20을 듣기 전에 학생들은 어떤 글을 써왔을까?

하버드 대학교 입학생들은 여러 나라에서 오지만 미국 고등학교 출신이 가장 많을 것이므로 미국 고등학교 상황을 중심으로 이전의 글쓰기 경험을 살펴보자.

미국 고등학교는 우리 고등학교에 비해 학생들이 훨씬 더 많은 글을 쓴다고 한다. 우리의 국어 교과에 해당하는 영어 교과뿐 아니라 사회, 과학, 수학에 이르기까지 대부분의 교과에서 글쓰기 과제가 부과되기 때문이다.

교과별로 글의 유형은 조금씩 달라질 수 있지만 가장 널리 활용되는 글쓰기 모델은 5단락 에세이이다. 5단락 에세이는 도입(1단락) – 본문(2, 3, 4단락) – 결론(5단락)으로 구성된 글쓰기다.

5단락 에세이를 쓰는 과정은 크게 계획하기 단계, 글쓰기 단계, 고치기 단계로 나눠 볼 수 있다.[10]

계획하기	주제 정하기 논제 만들기 논제를 뒷받침하는 아이디어 끌어내기 3가지 뒷받침 근거 확정하기 5단락 구성의 개요잡기
쓰기	도입부 쓰기 논제를 뒷받침하는 3단락 쓰기 단락 사이 연결 문장 쓰기 결론 만들기
고치기	문법이나 맞춤법 오류가 없는지 검토하기 글이 부드럽게 흘러가고 문단들이 잘 연결되는지 확인하기 각 문단이 논지에서 벗어나는 일 없이 논제를 잘 뒷받침하고 있는지 살피기

글을 계획하는 단계에서는 어떤 글감을 잡아 어떤 논제를 메시지로 전달할지 결정해야 한다. 그 논제를 뒷받침하는 근거를 고민해 3가지를 확정한다. 3가지 근거가 본문의 3단락

---

10   https://www.wikihow.com/Write-Any-High-School-Essay

을 구성하는 바탕이 된다. 개요를 잡을 때에는 종이 한 장에 논제와 근거 3가지를 쓰고 근거마다 사례를 2-3개 찾으면서 생각을 정리하도록 한다.

글쓰기 단계에서는 먼저 논제를 포함한 도입부를 쓰게 된다. 글의 첫 문장은 짧으면서도 독자에게 강렬한 인상을 남길 수 있도록 만든다. 앞서 개요에서 정리한 내용에 따라 본문 3단락을 쓰고 단락 사이를 연결해준다. 마지막으로 결론 문단을 쓴다.

고치기 단계에서는 글을 다시 읽으면서 오류를 확인하고 수정한다. 문법이나 맞춤법 오류가 없는지, 글이 부드럽게 흘러가면서 문단 연결이 잘 되는지, 계획 단계에서 정리했던 대로 각 문단이 논제를 탄탄하게 뒷받침하는지 검토하는 것이다.

이들 단계는 '계획 – 목표 설정 – 초고 작성 – 동료평가 – 수정 – 편집'으로 세분화되기도 한다.[11]

3단계 과정과 비교해 보면 '목표 설정'과 '동료평가'가 더 들어가 있다. 마지막의 '수정'과 '편집'은 3단계의 '고치기' 단

---

11 https://ies.ed.gov/ncee/wwc/Docs/PracticeGuide/wwc_secondary_writing_110116.pdf
미 교육부 교육 평가와 지역 지원 국가 센터에서 발행한 중등학교의 효과적인 글쓰기 교수법

계를 둘로 나눈 것으로 볼 수 있다.

'목표 설정'은 '체계적으로 내용 조직하기', '자기만의 목소리 담기', '복잡하고 어려운 문장 사용하기' 등 글쓰기 능력 개발 측면일 수도 있고 '설득하기'나 '반박하기'처럼 독자를 고려한 측면일 수도 있다. 이번 글쓰기에서 가장 중요한 목표가 무엇인지 미리 결정하고 거기 맞춰 초고를 작성하도록 하는 것이다. '동료평가'는 학생들이 둘씩 짝지어 서로의 초고를 읽고 이해 안 되는 문장은 없는지, 내용이 빈약하지는 않은지, 순서를 바로잡을 필요는 없는지 등을 피드백하여 글 수정에 도움을 주는 방식이다.

고등학생들이 쓴 5단락 에세이는 교사들이 첨삭해 준다.[12]

글쓰기 과제는 언제나 피드백과 함께 되돌아오도록 되어 있다. 미국 중고등학교에서 교사로 일했던 경험자의 인터뷰를 보면 글쓰기 과제를 첨삭하여 돌려주지 않는 경우는 절대로 없다고 한다. 교사들은 글에서 드러난 학생들의 사고 흐름을 점검하고 논리적으로 잘못된 부분을 바로 잡아준다. 문법적인 오류와 접속사 연결 오류도 꼼꼼히 살핀다. 그리고 총평

12 http://www.ohmynews.com/NWS_Web/View/at_pg.aspx?CNTN_
   CD=A0000824899

을 적어준다.

5단락 에세이가 모든 글쓰기의 해결책은 아니다. 하지만 글쓰기의 기본적 방법을 연습하기에는 충분한 가치를 지니는 것으로 판단된다. 글을 쓰기에 앞서 미리 계획을 세우고 어떤 내용을 쓸지 정리하도록 하는 방식도 훌륭하다. 계획 단계는 좋은 글을 쓰기 위해 꼭 필요한 과정이지만 결과물을 내는 데 급급한 상황에서는 계획에 충분한 시간을 할애하기 어렵고 결국 제대로 생각이 정리되지 않은 상태에서 글을 써버리기 쉽다. 이런 글쓰기는 효율적이지도, 흥미롭지도 않다. 또한 장기적으로는 글쓰기의 재미와 가치를 인식하기 어렵게 만들어 버린다.

2

하버드 입학 전의 글쓰기 경험 ②
SAT 에세이 시험

　　이렇게 고교 시절에 글쓰기 연습을 해온 학생들은 대학 입시를 치를 때도 글쓰기 평가를 받는다. 대학 지원 때 제출하는 SAT(Scholastic Aptitude Test) 시험 중 논리력 시험이 '읽기와 쓰기', '수학' 외에 선택 과목으로 에세이를 두고 있기 때문이다. 객관식으로 독해력과 문법지식을 평가하는 '읽기와 쓰기'와 달리 에세이는 주관식 시험이다. 하버드 대학교에 지원하려면 SAT 에세이 점수가 필요하다. 2017년 입학생까지는 SAT 에세이 점수 제출이 필수였으나 2018년 이후부터는 선택 제출로 제도가 바뀌었다.

　2005년에 신설된 SAT 에세이는 50분 동안 650~750단어 길이 지문을 읽고 글쓴이의 주장을 분석하는 시험이다. 글쓴이가 어떤 근거를 어떻게 제시했는지, 표현 면에서의 강점은 무엇인지 밝히는 것이다. 시험의 형태는 다음과 같다.

다음 지문을 읽으면서

- 글쓴이가 어떤 사실이나 사례를 근거로 가져와 주장을 뒷받침했는지
- 어떻게 주장과 근거를 논리적으로 연결하고 발전시켰는지
- 어떻게 효과적인 문체와 설득 수단을 활용했는지 생각해 보라.

지문 (650–750단어)

글쓴이가 독자를 설득하기 위해 어떻게 논증을 펼치고 있는지 설명하는 에세이를 써라. 위에 언급한 요소들 중 하나 혹은 몇 가

지가 어떻게 사용되어 글쓴이의 논리와 설득이 강화되는지 분석하라. 위 지문에서 가장 특징적인 요소를 찾아 초점을 맞추도록 하라.

이 에세이는 글쓴이의 주장에 대한 동의 여부를 밝히는 글이 아니다. 글쓴이가 독자를 설득하기 위해 어떻게 주장을 펼치는지 설명하라.

에세이 시험이라고 하면 제시된 주제에 관련해 자기주장을 펼치는 글쓰기 시험을 떠올리기 쉬운데 SAT에서는 지문으로 주어진 글을 분석하도록 한다는 점이 대단히 흥미롭다.

이런 시험을 준비하는 학생은 남의 글을 주의 깊게 뜯어읽는 연습을 반복하게 될 것이다. 글에서 '어떤 사실이나 사례가 주장의 근거로 사용되는지', '논리가 어떻게 발전되고 있는지', '독자 설득을 위해 활용된 수단은 무엇인지' 설명하려면 눈을 크게 뜨고 치밀하게 글 구석구석을 살펴야 하기 때문이다.

이는 자연스럽게 논리적, 비판적으로 읽는 능력을 향상시킨다. 그리고 이렇게 읽는 능력은 자기 글을 논리적으로 작성하는 능력으로 연결된다. 아이가 듣기를 바탕으로 말하기를 배우듯 글쓰기도 읽기를 바탕으로 한다. 남들이 어떻게 썼는지 꼼꼼히 살펴보는 연습 없이 자기 글을 멋지게 써낸다는 것은 어불성설이다. SAT 에세이는 '잘 쓰기 위한 잘 읽기'의 중요성을 인식한 시험 방식으로 보인다.

SAT 에세이가 이런 시험 방식을 택한 데에는 시간적 제약도 작용했으리라. 학생들이 스스로 사례와 근거를 대며 주장을 펼치는 글을 쓰자면 50분이 턱없이 부족한 시간이니 말이다.

다음 SAT 에세이의 문제와 답안 사례를 하나 살펴보자. SAT 시험 실시와 감독을 맡고 있는 칼리지 보드에서 웹사이트에 공개한[13] 에세이 시험 문제 두 개 중 하나를 글쓴이가 번역한 것이다.

---

13 https://collegereadiness.collegeboard.org/sample-questions/essay/1

어둠이 있게 하라

폴 보드의 글 편집본. 2012년 12월 2일 로스앤젤리스 타임즈 게재

미네소타 호숫가의 우리 가족 별장에서 나는 캄캄한 숲에서는 눈 뜨고도 내 손이 안 보인다는 것을 알게 되었다. 별들이 흩뿌려진 하늘에서 유성이 긴 꼬리를 달고 떨어지는 장면도 보았다. 하지만 미국에서 태어나 지금 8-10세가 된 어린이들은 은하수가 보이는 밤하늘을 한 번도 접하지 못할 것이다. 나는 우리가 미처 그 가치를 깨닫기도 전에 자연스러운 밤의 어둠을 잃어버리게 될까봐 걱정이 된다. 낮이 밤보다 길어지기 시작하는 이 동짓날에 어둠이 지닌 대체 불가능한 가치에 대해 기억해보자.

모든 생명체는 밝은 낮과 어두운 밤의 안정적 교차 속에서 진화했다. 하지만 오늘날 우리는 어둠이 찾아왔다 싶으면 재빨리 전등 스위치를 올린다. 인공조명의 과다로 너무 부족해진 어둠은 모두에게 문제를 일으키고 있다.

이미 세계 보건기구가 야간 근무를 발암 요인으로 분류했고 미 의료협회는 '주 단위 및 전국 단위의 빛 공해 감소 노력'을 만장일치로 지지하고 있다. 우리 몸은 어둠이 있어

야 암 진행을 막아주는 호르몬인 멜라토닌을 만들어낸다. 또 우리가 잠을 자려면 어둠이 필요하다. 수면 장애는 당뇨, 비만, 심혈관 질환, 우울증과 관련되며 최근에는 수면 부족의 주된 원인 중 하나가 '장시간 빛 노출'이라고 하는 연구가 나오기도 했다. 밤에 일을 하든, 침대에 노트북이나 스마트폰을 가져가든 인공 빛에 시달리는 부담은 마찬가지다.

인간 외 나머지 세계도 어둠에 기대 살아간다. 야행성 새, 벌레, 포유류, 어류, 파충류 등이 여기 해당한다. 북미에서는 야간에 이동하는 새들이 4백 종이라든지, 바다거북이 알을 낳으러 밤에 해변에 올라온다든지 하는 알려진 현상들도 있지만 농부들의 해충 구제 비용을 수십억 달러 절약시켜주는 박쥐라든지, 세계 식물계 80%의 수분을 담당하는 나방처럼 잘 알려지지 않은 존재도 많다. 불도저처럼 어둠을 몰아내는 빛 오염은 수십억 년 동안 이어져온 생태계를 파괴하고 있다. 어둠이 없다면 지구 생태계가 붕괴를 피할 수 없다.

오늘날처럼 인구가 많고 시끄러우며 속도가 빠른 세상에서 밤의 어둠은 고독, 고요, 안정감을 제공할 수 있다. 점점 희소해지는 자원들이다. 어느 종교에서든 어둠은 영적인 삶에 필수적인 요소다. 시간이 시작된 이래 밤하늘의 우주를 바라보는 일은 수많은 예술가와 철학자들에게 영감을 주었다. 전기불빛으로 점령된 세상이었다면 반 고흐의 〈별이 빛나는 밤〉이 어떻게 그려졌겠는가? 밤하늘의 모습이 우리에게, 우리 자녀와 손자녀들에게 어떤 영감을 줄지 누가 알겠는가?

하지만 전 세계적으로 우리 밤은 계속 밝아지고 있다. 미국과 서유럽의 빛은 매년 평균 6%씩 늘어나고 있다. 나사(NASA) 사진으로 미국의 밤을 살펴보면 1950년대만 해도 아주 어두웠지만 이제는 빛으로 완전히 뒤덮여 있다. 그 상당 부분이 낭비되는 에너지, 낭비되는 달러다. 진정 어두운 밤이 무엇인지 아는 마지막 세대는 현재 35세 이상 사람들일 것이다. 어린 시절에 내가 여름을 보냈던 북쪽 호숫가 역시 어둠을 잃어가고 있다.

어쩔 수 없는 상황은 아니다. 빛 공해는 해결 가능하다. 새로운 조명 기술과 빛 가림 방법을 사용하면 된다. 이미 북미와 유럽의 여러 도시에서 가로등을 LED로 교체해 낭비되는 빛을 통제할 수 있도록 하고 있다. 자정 이후 공공 조명을 끄는 단순한 방법으로 성과를 본 곳도 있다. '빛의 도시'로 유명한 파리에서도 오전 1시에 기념비 조명을 소등하고 올 여름부터는 상점, 사무실, 공공 건물들도 오전 2시 이후 소등하도록 조치했다. 기본적으로는 에너지 절약이 목표지만 이는 빛 공해 문제 해결에도 기여할 것으로 보인다. 하지만 진정으로 빛 공해 문제 해결에 나서려면 사라져가고 있는 어둠의 대체 불가능한 가치와 아름다움을 깨달아야 한다.

....

글쓴이가 자연스러운 어둠이 보존되어야 한다고 독자를 설득하기 위해 어떻게 논의를 구성했는지 설명하는 에세이를 써라. 논리를 강화하고 설득력을 높이기 위해 글쓴이가 어떤 요소를 사용하는지 분석하라. 이 글에서 가장 중심적인 요소에 초점을 맞추도록 하라.

글쓴이의 주장에 동의하는지 여부를 설명하는 에세이가 아닌, 글쓴이가 어떻게 독자를 설득해나가는지 설명하는 에세이를 써야 한다는 점을 기억하라.

지문은 일간지에 실렸던 칼럼을 출제자가 편집한 것이다. 원문[14]을 찾아 비교해 보니 문장이 수정되는 등의 편집은 없이 분량만 조정한 상태이다. 823단어인 원문에서 각각 한 줄로 이루어진 처음과 마지막 단락을 삭제하였고 위에 번역하여 제시한 지문의 4단락과 5단락 사이에 있던 한 단락(달빛 아래의 산책이나 촛불 켜놓은 식탁, 불꽃놀이 등 어둠이 우리의 삶에 가져다주는 즐거운 경험을 소개하는 내용)을 삭제하여 789단어 길이로 줄였다.

이 글은 자신이 어린 시절 경험했던 어둠 이야기에서부터 시작된다. 이어 지나치게 밝아지고 있는 현재의 세상이 인간을 포함한 생명체의 생체 리듬에 가져오는 문제를 지적하고 어둠의 심리적 치유 능력과 문화적 잠재력을 언급한다. 마지막으로 이 문제를 해결하기 위한 프랑스 파리 시의 노력을 사례로 제시하면서 글을 맺는다. 문학적이고 낭만적인 요소와 정보적인 요소가 함께 포함되어 독자를 설득하는 글이다.

이 글을 읽은 학생들은 어떤 분석 에세이를 썼을까? 칼리지 보드 웹사이트에는 최저점에서 최고점까지 평가를 받은 다양한 답안 글 여덟 개가 나와 있다. 그중 가장 높은 점수를 받은

---

14 http://articles.latimes.com/2012/dec/21/opinion/la-oe-bogard-night-sky-20121221

우수 답안을 번역하여 제시하면 다음과 같다. 참고로 SAT 에세이는 읽기(Reading), 분석(Analysis), 쓰기(Writing)로 항목을 나누어 각각 1점에서 4점 사이 점수를 받게 된다. 평가자가 두 명이니 각 항목 최고점은 8점이다. 아래 제시한 우수 답안의 점수는 '4 4 4'로 나와 있으니 한 평가자가 각 항목에서 최고점을 준 것이다.

우수 답안

인공조명 의존도가 높아지고 있는 상황에서 이 글은 자연스러운 어둠이 보존되어야 한다고 주장한다. 글쓴이는 개인적 경험, 예술과 역사의 사례, 그리고 수사적 질문을 사용해 효과적인 논의를 전개하고 있다.

글쓴이는 미네소타 호숫가에서 여름을 보냈던 개인적 이야기로 글을 시작한다. 그곳의 숲은 '눈 뜨고도 손이 안 보일 정도로' 캄캄했다고 한다. 이 일화를 통해 글쓴이는 독자들이 인공조명 없이 자연스러운 어둠 속에 파묻혔던 때를 기억해내게끔 한다. 독자들 자신이 개인적 경험을 떠올리게 함으로써 진짜 어둠이 갖는 아름다움, 마법, 경이로움을 강조하고 있다. '어둠이 지닌 대체 불가능한 가치'에 대한 직접적 경험을 바탕으로 자연스러운 어둠을 보존하자는 주장을 펼치는 것이다. 이 일화는 독자들이 글쓴이 주장을 신뢰하도록 만드는 바탕이 된다.

이어 글쓴이는 예술(반 고흐의 〈별이 빛나는 밤〉)과 근대의 역사('빛의 도시'로 명성을 얻은 파리)로 논의를 확장한다. 누구든 아름답다고 여기는 그림 〈별이 빛나는 밤〉을 통해 글쓴이는 어두운 밤하늘의 별들이 드러내는 자연의 찬란함을 강조한다. 과다한 인공조명이 사라진다면 세상은 반 고흐가 그린 밤하늘을 되찾게 된다는 것이 글쓴이의 생각이다. 이는 독자들로 하여금 비자연적이고 공허한 조명으로 뒤덮인 우리 세상의 단점을 인식하도록 한다. 더 나아가 글쓴이는 '빛의 도시'로 유명한 파리를 다룬다. 파리 시가 지속 가능한 조명 정책을 위해 어떤 단계를 밟고 있는지 소개한다. 전통적인 이미지와 오늘날의 현재가 대비된다. 이제 파리는 더 이상 '빛의 도시'가 아닌 '오전 2시 이전까지만 빛의 도시'이다. 이는 자연스러운 어둠을 보존하기 위해 어떤 단계적 방법이 가능하고 또 시행되고 있는지 보여줌으로써 논의를 강화한다. 늘 빛이 밝혀진 것으로 유명했던 도시조차 빛 공해 문제에 실천적으로 대응하고 있다는 점, 그리하여 도시와 우주 전체의 아름다움을 유지하고자 한다는 점을 보여준다.

마지막으로 글쓴이는 자연스러운 어둠 보존을 설득하기 위해 수사적 질문던지기 기법을 효과적으로 사용한다. '밤하늘의 모습이 우리, 우리 자녀와 손자녀들에게 어떤 영감을 줄지 누가 알겠는가?'라는 질문으로 우리의 감정을 직접 자극한다. 이 수사적 질문을 통해 글쓴이는 오염되지 않은 밤하늘의 힘에 대해 독자들이 진심으로 생각해보게 이끈다. 독자들로 하여금 자신들이 보았던 밤하늘을 자녀나 손자녀가 절대 보지 못하게 된다는 사실을 절절히 느끼도록 만든다. 감성에 호소함으로써 독자들이 반응하게 만들 수밖에 없도록 하는 전략이다. 이를 통해 글쓴이는 자연스러운 어둠을 보존하자는 자기주장이 우리와 직접 관련된 문제임을 부각시킨다.

인공조명이 자연스러운 어둠을 몰아내고 있는 상황을 안타까워하는 글쓴이는 우리가 자연 그대로의 어둠을 보존해야 한다고 주장한다. 그리고 개인적 경험, 사례, 수사적 질문을 통해 주장을 구축하고 있다.

학생은 개인적 경험, 예술과 역사의 사례, 그리고 수사적 질문이라는 세 가지 요소로 지문 글의 설득력과 논리를 분석한다. 개인적 경험은 글쓴이의 어린 시절 경험담인데 학생은 그 경험담이 독자로 하여금 각자가 가진 어둠 관련 일화를 떠올리도록 만든다고 분석한다. 예술과 역사의 사례는 반 고흐 미술작품과 프랑스 파리의 소등 정책이다. 마지막으로 수사적 질문은 글쓴이가 질문 형태로 독자들의 감정에 호소함으로써 설득에 성공하고 있다고 평가한다.

개인적 경험으로 글을 시작하는 것이 독자들에게도 각자의 경험을 떠올리게 한다는 분석이 인상적이다. 예술과 역사의 사례는 글 내용 중에서 학생이 가장 중요하다고 생각한 두 가지를 뽑아낸 것이다. 어둠의 생태적, 심리적인 가치는 덜 중요한 것으로 여겨진 듯하다. 수사적 질문은 문체 측면의 설득 효과를 잡아낸 것이다. 감성에 호소하면서 우리와 직접 관련된 문제임을 인식시킨다는 설명이 날카롭다.

이 학생이 고교 시절에 훈련 받았던 5단락 글쓰기로 답안을 작성한 것도 눈길을 끈다. 3가지 요소를 본문의 3단락에 하나씩 배치했고 도입과 결론을 앞뒤에 덧붙인 구조이다. 도입과 결론은 내용이 대동소이하여 조금 아쉬운 면도 있지만 글의 전체 내용을 보여준다는 역할은 충분히 하고 있다.

3

하버드 입학 전의 글쓰기 경험③
입학 에세이

　　　　　　SAT 비평적 독해 외에도 하버드 대학교 입학을 위해서는 입학 에세이를 써서 제출해야 한다. 입학 에세이는 자유 주제를 선택할 수도 있고 다음 주제 중 하나를 선택할 수도 있다.

- 자기 인생의 남다른 측면
- 다른 나라를 여행하거나 거주했던 경험
- 앞으로 만나게 될 기숙사 룸메이트에게 말해주고 싶은 것
- 지적 도전과 성취 (수업, 프로젝트, 독서, 토론, 논문, 시, 수학이나 과학 연구 등)

- 대학 교육을 삶에서 어떻게 활용할 것인가에 대한 생각
- 지난 12개월 동안 읽은 책 목록
- 공동체의 기초를 정직함에 두는 하버드 대학교에 지원하면서 자신 혹은 주변 사람이 정직한 행동의 선택 기로에 섰던 상황에 대한 소개
- 사회의 시민이자 리더를 키워내고자 하는 하버드 대학교에 지원하는 입장에서 자신이 동료 학생들의 인생에 기여할 수 있는 가능성

하버드 크림슨이 합격생들의 입학 에세이를 모아 출간한 책은 한국어로도 번역되어 있다. 이 책에 실린 글을 살펴보면 우선 길이가 다양하다. 4쪽에 달하는 긴 글이 있는가 하면 한 쪽을 겨우 넘는 글도 많다. 어림잡아 평균 2쪽 정도이다. 긴 분량은 아니다. 입학 지원자들 중에서 입학 허가를 받는 비율이 10% 미만이라는 점을 감안하면 현실적으로 장문의 입학 에세이를 제출하도록 하는 것이 불가능해 보인다. 평가에 들어가는 비용이 너무 높아지기 때문이다.

입학 에세이는 길고 복잡한 글이라기보다는 짧고 명료하게 자신을 드러내는 글이다. 키가 작아 느꼈던 열등감, 친구의 죽음, 학업 활동, 가족이 함께 준비해 먹었던 음식 등이 소재

로 등장한다. 소재들이 보여주듯 딱딱한 자기 소개글과는 전혀 다르다. 이 입학 에세이는 관찰력과 창의력을 바탕으로 한 소재 선정, 진솔하고 인상적인 표현을 중심으로 하는 글이다. '자신에 대해 성찰하고 솔직하게 쓰는 소개글' 정도로 정리할 수 있겠다. 참고로 곱슬머리를 소재로 삼은 한 학생의 입학 에세이를 번역해 소개하면 다음과 같다.

야수

지난 17년 동안 나는 내 머리 위에 자리 잡은 야수와 평화롭게 공존하기 위해 애써왔다. 그 야수는 내게 깊은 슬픔과 고통을 안겨주었다. 그 야수는 바로 내 곱슬머리다.

그 곱슬머리 때문에 나는 뉴욕 플러싱의 한인 사회에서 돌연변이 혹은 신종인간 취급을 받았다. 비웃음의 대상이기도 했고 머리를 퍼머하거나 속눈썹에 마스카라를 칠하는 아주머니들의 부러움을 사기도 했다. (나는 속눈썹까지도 곱슬이기 때문이다.) 처음으로 손에 빗을 들었던 날로부터 나는 내 삶을 비참하게 만드는 이 혐오스러운 녀석을 없애버리려고 온갖 노력을 했다. 다른 사람들과 같아지고 싶었다.

고등학생이 된 후에야 나는 그 야수와 싸워야만 하는 이유를 다시 생각해 보았다. 곱슬머리는 나만의 고유한 특징이라는 점, 놀림을 받으면서 내게 열등감이 생겨버렸다는 점을 깨달은 것이다. 그 야수를 없애 버린다는 것은 내 '결점'을 지움으로써 평범한 한인 집단 속에 섞여든다는 의미였다. 나는 생명력 없는 곧은 머리카락을 더 이상 원치 않았다. 제멋대로인 야수를 길들이고 진짜 나를 찾아나갈 때였다.

　이제 운전면허증에 붙어있는 것 같은 끔찍한 사진이 나오는 일은 거의 없다. 습도가 높은 날도 더 이상 두렵지 않다. 야수에 대한 내 새로운 접근은 커다란 축복이었다. 나는 곱슬머리의 아름다움과 유용함을 알게 되었고 곱슬머리로 사는 것이 내 성격에 미친 영향도 이해하게 되었다. 틀에 박힌 평균적인 한국인이 되기를 거부하면서 나는 어떤 일을 하든 내 특성, 내 '곱슬머리'를 발휘하고자 한다. 늘 두드러지는 사람이 되고 싶다. 음악가로서, 예술가로서, 학생으로서 나는 이름 없이 남게 될까봐 가장 두렵다.

　첼로 연주자라면 누구나 악보를 읽고 감미로운 음을 만들어낼 수 있다. 그러나 누구나 감정을 담아 연주할 수 있는 것은 아니다. 기술은 누구에게나 가능할지 몰라도 연주의 향기, 즉 열정은 그렇지 않다. 처음 첼로 연주를 시작했을 때부터 나는 항상 힘과 열정을 담았다. 연주의 이런 '곱슬거림'은 나의 큰 자산이다. 기술이 좀 부족하더라도 열정으로 보충할 수 있기 때문이다.

바로 그런 열정을 담아 나는 올해 우리 학교 졸업 앨범을 제작할 생각이다. 독창적이고 색다른 앨범이 목표다. 지금껏 보아 온 졸업 앨범들은 사진만 바꿔 넣는다면 언제 것인지 구분이 안 될 정도로 다 비슷했다. 우리 졸업 앨범을 최대한 독창적이고 재미있으며 독특하게 만드는 것, 이것이 내가 할 일이다.

무척 솔직한 글이다. 아무리 애를 써도 마음먹은 대로 정돈되지 않는 곱슬머리를 학생은 '야수'라고 부른다. 그리고 그 야수와 싸우면서 괴로웠던 시기를 넘어서 야수를 자신만의 특징으로 받아들이게 되었다고 고백한다. 결국은 어떤 일을 하든지 틀에 박히지 않고 자기만의 특성을 발휘하고자 하게 되었다고 말이다.

이 입학 에세이는 앞서 살펴본 SAT 에세이와 퍽 다른 종류의 글이다. SAT 에세이는 객관적인 입장에서 남의 글을 읽고 논리적으로 분석하여 쓰는 글인 반면 입학 에세이는 자기 삶의 모습을 소재로 삼아 솔직하게 자신을 드러내는 서정적인 글이다. 두 글 모두 고등학생들이 대학 입학을 준비하면서 쓰게 된다는 점을 고려하면 고등학교까지의 글쓰기 교육을 통해 학생들은 이 두 종류의 글쓰기가 모두 가능하도록 훈련받는다고 할 수 있다.

신입생들의 입학 전 글쓰기 경험은 충분히 인정받고 있는 것으로 보인다. 낸시 소머스 교수가 격월간지 하버드 매거진 인터뷰[15]에서 대부분의 신입생들이 5단락 에세이를 익숙하게 잘 써 왔으며 이를 바탕으로 Expos 20에서는 텍스트와 주제에 더 깊이 파고 들어가는 법, 그리고 근거 자료를 활용하여 의미 있는 주장을 발전시키는 법을 연습하게 된다고 언급한 것도 이런 견해를 반영한다.

....

15 https://harvardmagazine.com/1996/07/the-expos-problem

4

하버드 수업 중의 Expos 20
학생 글 사례 분석

실제로 Expos 20에서 학생이 어떤 글을 어떻게 쓰고 있는지는 파악하기가 쉽지 않다. 수강생들이 쓴 글을 찾아보기 어려운 것이다. 그런데 2018년 1월에 진행된 신규 교수자 채용 과정에서 지원자들에게 학생 사례 글에 대한 비평을 제출하도록 하면서 학생 글 두 편이 인터넷에 공개되었다. 여기서는 그중 한 편을 살펴봄으로써 Expos 20 강의실에서 어떤 글이 작성되는지 대략적으로 파악하려 한다.

선택된 글은 '소외, 그 너머(Alienation: Above & Beyond)'이다. 이 책의 1부 중 '강좌운영특징 ④ 무엇을 쓸 것인지 명확하게 한다'에서 소개했던 서면 과제 지침에 따라 제출된 글이다. 〔현대 세계의 노동〕이라는 Expos 20 강좌에서 부과된 이 과제는 마르크스 혹은 브레이버먼의 소외 이론을 화학공장 노동자 혹은 맥도널드 노동자들에 대한 연구에 적용해 비판적으로 분석하는 것이다. 사례 글을 쓴 학생은 로빈 리드너(Leidner)의 책 《패스트 푸드, 패스트 토크(Fast Food, Fast Talk)》(이하 '맥도널드 연구')를 읽고 분석 대상으로 삼았다.

이 글쓰기 과제는 Expos 20에서 쓰게 되는 세 편의 글인 단일 텍스트 분석, 두 텍스트 비교 분석, 다수의 자료를 바탕으로 한 의견 개진 중에서 두 번째에 해당한다. 소외 이론과 문화기술 연구 결과를 연결시켜 분석하라는 과제 지침, 6-7쪽이라는 글 작성 요구 분량으로 볼 때 그러하다. 학생은 마르크스의 소외 이론을 숙지한 상태에서 '맥도널드 연구'에 드러난 노동자들의 현실을 검토하여 글을 써야 했다. 이는 두 자료의 면밀한 읽기를 바탕으로 비교 분석하는 글쓰기라는 특성을 갖는다. '면밀한 읽기'와 '비교 분석'은 모두 학술적 글쓰기의 중요한 구성 요소이다.

글의 내용을 구체적으로 살펴보기 전에 언급해둘 점이 있다. 이 사례가 Expos 20에서 학생들이 쓰는 글의 수준을 대표한다고 말하기는 어렵다. 신규 교수자 지원자들의 비평 용도로 제공되었다는 상황을 감안하면 의도적으로 수준이 높지 않은 글을 골랐을 가능성도 있다. 그럼에도 Expos 20 실제 강의에서 제출된 글이라는 점에서 여기서 살펴볼 만한 가치는 충분하다. 또한 Expos 20에서는 모든 글이 수정을 거치게 되는데 이 사례 글이 초고인지 수정본인지는 알 수 없다.

사례 글은 분량이 길기 때문에 전문을 번역해 소개하기보다 내용을 문단별로 정리하여 제시하겠다.

1문단	마르크스 이론은 산업혁명 시대를 바탕으로 하지만 현재 우리는 탈산업화와 세계화, 서비스 분야의 부상이라는 다른 상황에 처해 있음. 이에 따라 마르크스가 예상치 못했던 방향으로 이론이 확대되고 발전되는 상황임.
2문단	맥도널드 연구는 창구 직원 노동이 인간의 인간으로부터의 소외라는 마르크스 이론을 강화한다고 보았음. 관리 및 고객 필요에 직원 자신의 요구를 양보하기 때문임. 마르크스는 고객이라는 존재를 고려하지 못했으므로 이제 고객까지 포함된 새로운 상황이 어떻게 소외를 강화하고 새로운 노동 모델로 발전하는지 살펴봐야 함.
3문단	맥도널드 연구는 직원들의 협력이라는 측면에서 소외를 반박하기도 함. 하지만 이타적으로 전체를 고려하는 대신 개인적 편안함만 추구하며 게으름 부리는 숙련 직원도 존재함.
4문단	맥도널드 연구는 동료 직원들과 어울리기 위해 업무 외 시간에도 집에 가지 않고 매장에 머무는 노동자의 사례를 소개함. 이는 집과 일터를 엄격히 구분한 마르크스 주장과 배치됨.
5문단	맥도널드 연구는 관리자가 노동자들로부터 분리된다고 지적함. 관리자는 자신이나 직원보다 회사의 이익을 우선시하는 존재임. 관리자의 소외는 마르크스 이론에 합치되는 동시에 이를 넘어서는 것임. 기업이라는 존재를 통한 새로운 차원의 소외 이론이 가능함.

6문단	맥도널드 연구에서는 직원들로부터 소외되어 통제 역할을 맡는 관리자들이 창구 직원과 고객 사이도 소외시킨다고 지적함. 이런 식의 세 집단 관계는 마르크스 이론에 없는 것임. 마르크스는 업무 절차화가 어느 수준까지 도달할 수 있는지, 그것이 직원을 관리자 및 고객으로부터 어떻게 소외시킬지 내다보지 못했음.
7문단	절차화된 주문을 자동적으로 행하는 고객은 어느새 그 절차 구조의 일부가 됨. 고객으로부터 자동적 반응을 기대하는 직원은 고객 및 노동에서 한층 더 소외됨.
8문단	맥도널드 연구는 마르크스 소외 이론에 새로운 시각을 제시하고 있음. 소외는 관리자와 고객이라는 새로운 존재를 포괄하며 상황마다 미묘한 차이를 보이게 되었음. 서비스 산업 등장, 테일러주의에 따른 업무 절차화, 기업이라는 존재가 마르크스 이론을 진화 발전시키고 있음.

앞서 설명했듯 이 사례 글은 마르크스의 소외 이론을 맥도널드 노동자들과 연결시키고 있다. 270여 쪽에 달하는 책을 읽으면서 수업 시간에 다룬 마르크스 소외 개념과 관련된 연결점을 찾아내는 작업이 만만치 않았을 것이다.

글은 소외 이론이 등장한 1844년에 비해 오늘날은 경제 발전 상황이 퍽 달라졌다는 지적으로 시작된다. 마르크스가 염두에 두지 못했던 서비스 산업이 발달한 것이 대표적이다. 1993년에 이루어진 맥도널드 노동자 연구는 바로 그 서비스 산업 분야를 대상으로 하고 있다. 학생은 맥도널드 연구에서 드러난 여러 현상 중에서 기업 이익을 대변하는 관리자의 존재, 절차화된 주문을 반복하는 고객의 존재, 업무 시간 외에도 매장에서 시간을 보내며 집과 직장의 개념을 모호하게 만드는 노동자의 모습을 뽑아내 이를 소외 이론과 연결시키며 이론의 진화 발전 가능성을 제시한다.

학생은 로빈 리드너의 맥도널드 현장 연구를 충실히 읽고 소외 이론과 연결 가능한 현상을 정리했다는 점에서 과제 지침의 요구를 수행하고 있다. 그리고 시간이 흐르면서 변화된 경제 상황과 새로이 등장한 소외 요소를 고려해 소외 이론이 진화 발전되는 중이라는 결론에 이른다.

아쉬운 점도 있다. 학생은 맥도널드 연구를 별 비판 없이 수용해 나열한다는 느낌이다. 소외 이론과 연결 지을 수 있는 부분을 열심히 찾아내 제시하였지만 그에 대한 자신만의 논의는 찾기 어렵다. 맥도널드 연구 자체에서 여러 현상을 소외 개념과 연결해 제시했을 가능성도 있는데 만약 이렇다면 학생의 글은 해당 부분을 요약한 것에 불과하게 된다. 학생 자신의 목소리를 드러낼 여지가 없는 것이다.

그렇다면 어떻게 해야 학생의 목소리를 담은 글이 될 수 있을까? 과제지침에 제시된 '반론에 주의를 기울이기'라는 요소가 하나의 단서이다. 맥도널드 연구에서 나타난 현상을 소외 이론과 연결하면서 '그 주장이 설득력을 지니는지', '연결 가능성에 어떤 의문이 제기될 수 있는지', '의문이 제기된다면 어떤 재반박이 가능할지' 고민하고 이를 글에 반영하는 것이다. 맥도널드 연구에 제시된 결과 중에서 소외 이론과 상반되는 부분이 없는지 찾아보는 것도 방법이다. 상반된 부분이 있다면 어떤 이유로 그러한지 생각해 보고 이것이 소외 이론과 관련해 어떤 시사점을 지니는지 설명할 수 있을 것이다.

소외와 연결되는 맥도널드 연구 결과를 조금 더 체계적으로 제시하는 것 또한 학생의 목소리를 담는 방법이 될 수 있다. 학생 글은 마르크스의 소외 이론에는 등장하지 않았던 고객과 관리자라는 새로운 요소를 중요하게 다룬다. 그러나 고객과 관리자가 노동 소외에 어떤 역할을 하는지가 여러 문단을 오가며 장황하게 설명된다. 고객과 관리자의 존재에 대해 우선 설명하고 이들이 노동 소외를 야기하는 방식을 문단별로 집중적으로 다루었다면 글쓴이의 시각도 분명히 드러나고 독자의 이해도 쉬웠을 것이다. 내용을 어떻게 조직해 전달하는가는 충분히 글쓴이의 독창성에 해당하는 부분이다.

5

하버드 글쓰기 수강 경험자들의 반응
Expos 20 교과목 평가

학생들은 Expos 20 교과목을 어떻게 바라보고 있을까? 교내 신문 하버드 크림슨과 교내 잡지 존 하버드 저널에 실린 글을 통해 간접적이나마 파악이 가능하다.

가장 먼저 눈에 띄는 것은 수강 강좌를 선택하는 문제이다. 선배 학생들은 Expos 20을 수강해야 하는 신입생 후배들에게 수강 강좌를 잘 선택해야 한다고 조언한다. Expos 20은 주제를 파고드는 강좌가 아니라 어디까지나 학술적 에세이 쓰기 강좌인 만큼 강좌 주제만을 기준으로 선택해서는 곤란하다는 것이다. 읽기 자료 분량이 너무 많지 않은 강좌, 개인 일정과 맞는 강좌, 평가가 공정하고 흥미로운 토론을 이끌어주는 것으로 알려진 교수자의 강좌를 고르라고 추천하고 있다. Expos 20 수강신청은 원하는 강좌들을 희망 순위와 함께 복수 신청하는 방식으로 보인다. 즉 수강 희망 강좌를 최우선 순위부터 마지막 순위까지 정해서 제출하면 모든 학생들의 신청 내용을 종합해 수강 강좌가 결정되는 것이다. 선배 학생들은 마지막 순위의 강좌로 배정되는 경우도 드물지 않다면서 신중한 강좌 선택을 강조한다.

선배들의 이러한 조언은 강좌별 편차가 엄연히 존재한다는 방증으로 해석된다. 1부의 강좌 운영 방식에서 살펴본 공통점들, 즉 소규모 세미나 수업, 3단계로 구분된 교과 과정, 구체적인 글쓰기 과제 부과, 평가 기준 등이 마련되어 있기는 하지만 실제 강좌의 모습은 교수자가 누구인가에 따라 조금씩 달라질 수밖에 없는 것이다.

Expos 20 교과목을 수강한 학생들의 평가는 긍정적인 내용과 부정적인 내용으로 나눠볼 수 있다.

우선 긍정적인 평가를 보자. Expos 20 교과목이 신입생 시절에 거쳐야 하는 '필요악'으로서 이후의 글쓰기에 기초를 제공한다는 가치가 분명하다는 의견이 있다. 2학년생이 되어 다른 강좌에서 글을 쓰게 되면서 Expos 20에서 배웠던 여러 글쓰기 규칙들의 필요성을 다시 깨닫게 된다고 한다.[16] 힘들지만 그 노력만큼의 가치는 충분하다는 것이다.[17]

반면 부정적인 의견도 적지 않다.

글쓰기보다는 강좌 주제를 다루는 데 더 많은 시간이 할애되어 글쓰기 강좌가 맞는지 의심스럽다는 언급, 인문계열 학생에게는 2학년 이후의 튜토리얼 강좌를, 이과계열 학생에게는 코어 강좌를 대비하게 한다는 목적과 달리 Expos 20은 일반적인 글쓰기 강좌도, 전공 분야 글쓰기의 준비 강좌도 아닌 모호한 위치라는 지적도 나왔다. 또 Expos 20이 요구하는 '논제-동기-주장-반론'이라는 에세이 흐름은 수강 이후의 현실 세계에서 만날 일 없는 글쓰기 형식이지만 무사히 학점을 받으려면 어쩔 수 없이 따라야 한다는 불평, 특별히 배운 것이 없고 입학 전 글쓰기 수준에서 향상이 없다는 불만(흥미롭게도 이 불만은 Expos 20에서 A학점을 받고 더 나아가 그해의 Expos 최고 에세이 10편 중 하나에 글이 선정된 학생에게서 나왔다) 등 Expos 20 교과목의 기본적인 방향 설정에 이의를 제기하는

---

16 http://www.thecrimson.com/article/2009/8/20/surviving-the-expos-20-roller-coaster

17 http://www.thecrimson.com/article/2006/8/28/expos-20-worth-the-pain-expository/

의견들이 나왔다.

Expos 20은 글쓰기와 주제라는 두 바퀴 위에서 균형을 잡아야 하는 교과목이다. 글쓰기 교육이 예상보다 적다는, 혹은 주제를 다루는 깊이가 얕다는 학생들의 불만, 그리고 일반 글쓰기 강좌도, 전공 글쓰기 강좌도 아닌 애매한 지점이라는 비판은 그 균형점 잡기의 어려움을 드러내준다. 그런데 이러한 의견은 1996년의 하버드 매거진 기사에 실린 것이다.[18]

즉 Expos 20이 현재와 같은 모습으로 자리 잡는 과정에서 새로운 교과목을 접하게 된 학생들이 자연스럽게 내놓은 반응일 수도 있다.

또한 '논제-동기-주장-반론'으로 이어지는 에세이 형식을 어쩔 수 없이 따라야 한다는 불만은 어느 수준까지 형식 준수를 요구할 것인가 하는 글쓰기 교육의 고민거리를 반영해주는 문제 제기이다. 학생이 어떤 전공으로 어떻게 이후의 공부를 해 나가는가에 따라 정말로 Expos 20은 '수강 이후의 현실 세계에서 만날 일 없는 글쓰기 형식'을 공연히 연습시키는 교과목이 될 수도 있다. 글쓰기를 일종의 스펙트럼으로, 즉 절대적으로 형식의 제약을 받는 한 극단과 아무런 형식적 제

---

18 https://harvardmagazine.com/1996/07/the-expos-problem

약이 없이 자유로운 반대편 극단 사이에 다양하게 위치할 수 있는 무언가로 본다고 할 때 Expos 20은 중간에서 약간 더 형식에 치우친 지점의 글쓰기를 지향한다고 할 수 있다. 1부에서 소개한 교육 목표인 '학생들이 이후 학부 과정에서 접하게 될 글쓰기 과제의 기본적인 유형을 접하게끔 하는 것'도 이를 보여준다. 학생들의 이후 학습에서 전부는 아니라 해도 일부에나마 이런 접근이 유익하리라 판단한 것이다. 물론 이 선택은 글쓰기에서 학생의 자율성을 상대적으로 제한할 수밖에 없다. 며칠 동안 열심히 노력해 자신이 보기에는 훌륭한 에세이를 작성했지만 예상보다 낮은 점수를 받았다는 하소연에 대해 Expos 20에서는 정해진 규칙을 따라야만 좋은 평가를 받을 수 있다고 한 선배들의 조언도 이와 맥을 함께한다.

Expos 20에서 특별히 배운 것이 없고 입학 전 글쓰기 수준에서 향상이 없다는 학생 지적과 관련해 하버드 매거진은 낸시 소머스 교수의 의견을 인용하고 있다. 소머스 교수는 한 학기 한 강좌를 통해 글쓰기의 모든 것을 다 배우기는 불가능하다고 설명하고 이 때문에 다른 교과목과 연계를 확보해 Expos 20에서 익힌 능력이 지속적으로 강화되도록 해야 한다고 하였다. 또한 해당 학생이 글쓰기에 이미 상당히 숙련된 상태로 입학했을 가능성이 있기는 하지만 그럼에도 글쓰기 강좌 수강 전후에 바뀐 것이 없다면 곤란한 일이라는 입장을 밝혔다.

Expos 20에 대한 또 다른 부정적인 의견으로는 교수자의 취향이 학점을 좌우하게 된다는 언급이 있었다. 학생 입장에서는 교수자의 글쓰기 취향을 파악해 거기 맞춰야 좋은 학점을 받게 된다는 것이다. 이는 평가의 공정성에 이의를 제기하는 지적이다. 글쓰기에서 교수자의 취향이 중요하게 작용할 수 있다는 점은 분명한 사실이다. 교수자 역시 한 사람의 독자로서 더 마음에 드는 글과 그렇지 않은 글이 존재하는 것이다. 그 개인적 성향의 영향력이 얼마만큼 작용하도록 할 것인지는 교수자와 학생들 간에 합의되어야 할 문제이다.

이와 관련해 선배들은 강좌를 수강하면서 교수자와 자주 만나야 한다는 조언을 하고 있다. 교수자와의 상담과 수정이 가장 중요한 과정이고 자주 만나서 많이 고치면 고칠수록 글쓰기 능력이 향상되고 성적도 잘 받게 된다는 것이다.

보다 최근 시점으로 와보자. 2011년 2월 하버드 크림슨 지에는 2009년 가을학기 Expos 20에 대한 강의 평가 점수가

3.83에 불과하다는 점을 지적하는 사설[19]이 실렸다. 같은 학기 Expos 10은 4.34, 인문학 영역의 평균은 4.24였다. 문제 해결의 방법으로 Expos 20 담당 교수자에 대한 엄격한 연례 평가와 강좌 간 난이도 표준화가 제안되었다. 난이도 표준화를 위해서는 교수자가 읽기 자료를 선택하는 데 어느 정도 제한이 필요하다는 점도 지적되었다. 다른 강좌에 비해 부담이 과다하거나 너무 적은 강좌가 존재한다는 것이다. '좋은 글은 좋은 사고를 요구한다'는 Expos 20 기본 원칙과 달리 좋은 사고를 위한 연습보다는 일반적인 글쓰기 기법 지도가 우선되는 경향이 언급되기도 했다. Expos 10과 Expos 20으로 나뉜 글쓰기 교과목을 학생 수준에 따라 보다 세분할 필요성도 제기되었다.

. . . .

19 https://www.thecrimson.com/article/2011/2/14/Dan-writing-course-expos/

II

Expos 20의 참여자,
교수자의 역할은 무엇인가?

Expos 20 교과목의 각 강좌를 맡아 운영하는 교수
자는 누구일까? 어떤 경력을 지니고 어떻게 선발
되어 어떤 역할을 하게 되는지 살펴보자.

1

Expos 20 교수자의
명칭

Expos 20을 담당하는 교수자는 프리셉터 (Preceptor)라 불린다. 본래 프리셉터는 의료계나 기사단, 기술자 등 전승되는 지식과 경험이 중시되는 영역에서 후배들을 가르치고 인도하는 존재를 뜻한다. 하버드 대학교에서는 언어나 기술 중심의 특별 교과목, 즉 글쓰기, 음악, 수학, 외국어, 생명과학 분야에서 강좌를 담당하는 계약직 교원들의 명칭을 프리셉터라고 정해두었다. 프리셉터라 불리는 교수자는 하버드와 케임브리지, 옥스퍼드 정도에만 존재하므로 전반적인 명칭이라고는 보기 어렵다. 미국 다른 대학들의 경우 프리셉터는 수업 보조 역할을 하는 학부나 대학원 재학생을 뜻하기도 한다.

언어나 기술 중심 교과목이 아닌 다른 영역을 강의하는 단기 계약 교수자는 강사(Lecturer)라고 한다. 하버드에서 강사로 임용되려면 반드시 박사 학위를 소지해야 하는 반면 프리셉터의 경우 박사 학위 소지 필수 규정은 없다.

각 영역의 프리셉터 중 한 사람은 수석 프리셉터(Senior Preceptor)로 임명될 수 있다. 수석 프리셉터는 담당 교과목을 운영하는 것 외에 행정적인 업무와 신임 프리셉터 훈련 업무를 맡게 된다.

2

Expos 20 교수자
선발 요건

Expos 20을 담당하는 교수자는 어떤 과정을 거쳐 선발될까? 2018년 7월에 시작되는 2018-2019학년 교과 담당자를 선발하기 위해 2018년 1월에 진행된 신규 채용 과정을 통해 이를 대략적으로 파악할 수 있다.

지원자들에게 공식적으로 요구되는 학력이나 경력 기준은 없다. 다만 박사 학위 소지자인 경우, 분석적 읽기와 글쓰기 교육 경험자인 경우, 신입생 의사소통 능력의 혁신적 개발 전략을 제시하는 경우 우대한다고 한다. 과학기술, 공학, 수학, 사회과학, 공공 정책 분야 글쓰기 교육 경험이 있는 경우, 멀티미디어나 디지털 교수학습 경험이 있는 경우도 우대된다.

선발 과정은 총 3단계로 이루어져 있다. 1단계와 2단계는 서류 심사이고 마지막 3단계가 면접 심사이다.

1단계에서는 이력서, 학부 글쓰기 교육 철학과 경력에 대한 소개글, 자신이 계획하고 있는 Expos 20 강좌 두세 개에 대한 간략한 설명, 지원자가 쓴 10쪽 이하의 학술 에세이, 과거의 강의계획서나 과제 등 교육 관련 자료, 학생 사례 글에 대한 비평을 제출해야 한다.

2단계에서는 공식적인 학생 강의 평가를 포함한 보다 구체적인 교육 경력 증명 서류와 추천인 세 명의 추천서를 제출한다.

3단계의 면접 심사는 원격 화상 방식이나 대면 방식으로 진행된다. 추가 사항을 확인하기 위해 여러 차례의 면접이 진행될 수도 있다. 면접에 응시하는 지원자는 상세한 Expos 20 강좌 계획을 준비해야 한다. 학생들을 위한 강좌 설명, 에세이 세 편의 과제 중 한 편에 대한 과제 지침, 다른 두 편의 에세이 작성 지도 계획 등이 필요하다.

첫 단계에서부터 과거의 교육 경험을 보여주는 자료나 향후의 교육 계획을 드러내는 제안서와 함께 지원자가 쓴 학술적 에세이, 그리고 학생 사례 글에 대한 비평을 제출하도록 하는 것이 흥미롭다. 실제적인 글쓰기 능력 및 글쓰기 지도 잠재력을 1단계에서 이미 평가하는 셈이다.

Expos 20 교과목을 담당할 교수자 외에 Expos 10 교과목을 담당할 교수자도 따로 선발된다. 우대 조건과 기본 제출 서류는 유사하다. 다만 Expos 20 강좌 개발 계획 관련 서류는 포함되지 않는다. Expos 10 교수자는 매년 가을 학기에만 Expos 10 강좌가 개설되는 만큼 봄 학기에는 Expos 20 강좌를 맡게 된다. 이렇게 보면 Expos 20 강좌 계획이 필요한 상황이지만 임용 후 반 년 정도가 경과한 후 강좌를 담당하게 되므로 준비 기간이 충분하다는 판단 하에 선발 과정에서 서류를 요구하지 않는 것으로 보인다.

3

하버드 글쓰기 수업 교수자의 업무와 처우

Expos 20 교수자는 매 학기 Expos 20 두 강좌를 맡아 진행한다. 담당 강좌는 관심사와 전공 분야 등을 바탕으로 직접 학술적 주제를 선정해 개발하도록 되어 있다. 자신이 진행하는 강좌를 직접 개발하여 운영할 수 있다는 것은 교수자에게는 중요한 권한이다.

Expos 20 강좌 정원이 15명 정도이니 학기당 강좌 2개를 맡는 교수자는 한 학기에 학생 30명을 담당하게 된다. 많은 수는 아니지만 업무 부담은 적지 않다. 시간 압박을 받으면서 학생들의 과제를 검토하고 피드백 하는 일이 학기 내내 지속되기 때문이다. 특히 학생들 한 명 한 명과 1:1로 만나 에세이 초고에 대해 상담하는 기간, 학기당 세 차례 돌아오는 이 기간에 업무가 집중된다. Expos 20 강의계획서를 보면 학생들이 이메일로 연락하는 경우 24시간 이내에 답변하겠다는 약속이 나온다. 교수자가 Expos 20 강좌 운영에 전적으로 시간을 할애하지 않는다면 실현 불가능한 약속이다. 하지만 직무의 연속성은 보장되지 않는다.

신규 채용은 1년 단위이다. 1년이 지난 후 교과과정의 수요 및 수강 신청 인원수를 포함한 교수자의 교육 실적, 학생들의 강의 평가를 모두 고려해 다시 1년 동안 Expos 20을 맡을 수 있다. 조건이 충족되지 못하면 1년만 강좌를 운영하고 떠나야 한다는 뜻이다.

2년차가 끝난 후에 다시 심사를 거치고 3년 동안 강좌를 운영해야 다년 계약이 가능하다. 다년 계약이 된다 해도 교수자의 최장 재직 기간은 8년이다. 비정년 교원은 최대 8년까지 가르칠 수 있다는 규정 탓이다. 유능한 교수자들이 강제로 하버드를 떠나야 하는 이 규정의 부당함을 지적하는 기사가 2006년 3월 하버드 크림슨[20]에 실린 바 있지만 규정은 여전히 존속하고 있다.

....

20   https://www.thecrimson.com/article/2006/4/3/reinventing-harvards-teachers-if-successful-the/

8년 제한 규정을 두는 이유로 문리학부 측은 ①박사 학위 소지자에게 비정년 교수자는 최선의 선택이 아니라는 점, ②정규직 교원들이 교과목 운영 관련 의사결정을 해야 한다는 점을 들었다고 한다. 이에 대해 하버드 크림슨 기사는 상대적으로 낮은 처우를 감수하고 계속 가르치고자 하는 교수자의 권리를 존중하는 것이 더 질 좋은 교육을 보장할 수 있으며 의사결정권은 비정년 교수자들을 계약갱신 형태로 임용한다 해도 여전히 정규직 교원들에게 남아 있을 것이라며 반박한다.

Expos 20 교수자의 급여는 글래스도어(www.glassdoor.com)라는 구인구직 사이트의 정보를 참고할 때 연봉 5만3천-6만8천 달러 가량으로 추정된다.[21] 이 연봉 수준은 구인구직 사이트의 정보를 인용한 것이다.

참고로 미국의 교수 평균 연봉은 7만-9만 달러로 소개되어 있다.

이 연봉이 어느 정도 수준인지 판단하기 위해 '고등교육 크로니클(The Chronicle of Higher Education)'이라는 신문

....

21 https://www.glassdoor.com/Salary/Harvard-University-Preceptor-Boston-Salaries-EJI_IE2817.0,18_KO19,28_IL.29,35_IM109.htm

2015년 3월 16일자[22]에 나온 교수 연봉을 살펴보자. 2014-2015년 기준 4년제 대학에서 종신재직보장 교수의 연봉 중간값은 10만 달러 정도, 신규 채용 조교수 연봉 중간값은 6만 9천 달러이다. 비교하자면 Expos 20 교수자 연봉은 신규 채용된 조교수 연봉에 조금 못 미치는 수준이 된다.

---

22 https://www.chronicle.com/article/Median-Salaries-of-Tenured-and/228435

4

Expos 20 교수자들의
전공과 경력

Expos 20을 담당하는 교수자들은 무엇을 전공하고 어떤 경력을 지닌 사람들일까? 2018년 봄 학기 Expos 20 개설강좌 중심으로 교수자의 모습을 살펴보자.

총 31개 강좌 중 동일한 사람이 2종의 강좌를 담당하는 경우가 한 건 있어 2018년 봄 학기에 Expos 20 강좌를 운영하는 교수자는 30명이다. 하버드대 글쓰기 프로그램 홈페이지의 구성원 소개[23] 및 추가적 구글 검색을 통해 이력을 파악해 보았다.

이 30명 중에서 박사 학위 소지자는 21명이다. 박사 논문

[23] https://writingprogram.fas.harvard.edu/pages/people

을 마무리하고 있다고 소개된 4명까지 더하면 박사 학위 소지 혹은 예정자가 25명으로 대부분을 차지한다. 교수자 채용 과정에서 박사 학위를 요구하지는 않지만 실질적으로는 박사 교수자가 많은 것이다. 하버드 대학 글쓰기 프로그램 홈페이지에서도 교수자 대다수가 박사 학위자임을 자랑스럽게 내세우고 있다. 나머지 5명 중 3명은 문학이나 창의적 글쓰기 관련 석사 학위, 법학 석사 학위를 소지했고 소설가, 법률가 등의 현장 활동 경험이 있거나 현재 활동 중이다. 학위 대신 현장 경험을 인정받은 것으로 보인다. 학위 사항을 확인할 수 없는 경우는 두 사람인데 한 명은 시인으로 작품 발표 및 문학상 심사위원으로 화려한 경력을 자랑하고 있고 다른 한 명은 하버드에 있기 전에 프린스턴과 뉴욕대에서 글쓰기를 가르쳤던 것으로 보아 석사 이상의 학위를 소지한 것으로 판단된다.

생물 인류학을 전공한 후 수학적 모델링과 통계적 접근을 활용해 연구를 진행하고 있다고 소개된 교수자 한 명 외에는 Expos 20을 운영하는 모든 교수자가 인문사회계열 전공자이다. 앞서 1부에서 Expos 20 강좌 대부분이 인문 사회학 분야의 주제를 택하고 있는 것으로 나타났던 상황도 이와 무관하지 않을 듯하다.

교수자들은 자신의 전공 혹은 관심사와 연결시켜 Expos 20 강좌 주제를 선택하는 경향이 있다. 아프리카를 중심으로 비교문학을 전공한 교수자가 〔흑인들의 자서전〕 강좌를, 철학 박사 교수자가 〔실존주의〕 강좌를, 역사학 박사로 인권 개념의 탄생 과정을 추적하고 있는 교수자가 〔역사로서의 인권〕 강좌를, 사회학 박사로 우정에 대해 책을 쓰고 있는 교수자가 〔하버드 학생들의 친구 관계 맺기〕 강좌를 개설한다.

강좌의 다양성을 위한 노력 때문인지, 아니면 전공과 동떨어진 교수자의 관심사 때문인지는 분명히 알 수 없지만 전공과 다소 거리가 있는 주제를 선택한 교수자들도 눈에 띈다. 미술 작품을 중심으로 한 〔충격을 안겨주는 예술〕 및 환경 문제에 초점을 맞춘 〔인간, 자연, 그리고 환경〕은 모두 영문학 전공자가 맡고 있다.

교수자들의 경력을 보면 다른 대학에서 이미 글쓰기 교과목을 맡았던 경력자들이 눈에 띈다. 이력에 소개된 경우만 해도 네 사람이다. 이는 여러 대학을 거치며 글쓰기 교육 전문가의 면모를 갖추어 가는 것이라고 긍정적으로 볼 수도 있지만 다른 한편으로는 하버드의 8년 제한 규정처럼 비정년 교수자가 한 대학에 오래 머물지 못하는 불안정성을 반영하는 것일 수도 있다. 또한 학부에서 Expos 20 교과목을 맡아 운영하는 데 더해 평생교육원에서 가르치거나 기숙사 상담 교수 역할을 맡는 경우도 있다.

평생교육원은 하버드 대학 글쓰기 프로그램과 함께 문리학부에 소속된 기관이고 다수의 교수자 인력이 필요한 상황일 것이므로 Expos 20 교수자들을 활용하는 것으로 보인다. 이들 부가적인 업무는 전임 교원에 비해 상대적으로 적은 보수를 보충하는 기회이기도 할 것이다.

5

교수자들은 Expos 20을
어떻게 평가할까

Expos 20 교수자들은 다양한 전공을 공부해 대부분 박사 학위를 취득했다. 글쓰기 교육을 전공한 경우는 거의 없으므로 Expos 20 강좌 운영은 교수자들에게 새로운 과업이었을 것이다. 그럼에도 강의계획서에 드러나는 교수자들의 모습은 글쓰기 교육에 대한 기본철학을 충분히 공유한다는 느낌을 준다. Expos 20 강좌들의 강의계획서는 강좌별로 달라지는 읽기 자료와 과제 지침 외에 출결 원칙, 과제 제출 시한 관리 원칙 등 공통적인 부분도 담고 있다. 공통적인 부분은 교수자들이 함께 결정하여 전 강좌에 공동 적용하는 것으로 보인다. 몇몇 강의계획서는 다음과 같은 세 가지 기본철학을 제시하고 있다.

① 쓰기 학습은 곧 생각 학습이다. 언어로 표현되지 않는
   위대한 사고는 없다.

② 글쓰기는 대화이다. 글은 독자를 상정하는 대화인 것이다.

③ 글쓰기는 지속적인 과정이다. 고치고 또 고치는 일이 반
   복되어야 한다.

글쓰기 교육의 동료로서 십분 공감이 간다. 글쓰기는 곧 생
각하기라는 것, 글쓰기는 독자를 향한 말 걸기라는 것, 단번
에 완성되는 글은 없으니 늘 고쳐 쓸 시간을 확보하라는 것은
우리 강의실에서도 강조되는 내용이다.

강의계획서에는 글쓰기 교육에 임하는 Expos 20 교수자들
의 자세를 엿볼 수 있는 내용도 있다. 이메일로 연락을 하면
24시간 안에 답변을 주겠다는 약속, 과제글 초고에 대한 1:1
면담 직전(전날 밤이나 당일 아침에) 교수자의 사전 서면 피드
백을 받아볼 수 있도록 하겠다는 약속이 그렇다. 교수자들이
강의 시간 외의 시간에도 강좌 운영에 충분한 노력을 투자하
지 않고는 이행 불가능한 약속들이다. 이메일 질문에 대해 24
시간 내로 답변하려면 매일 이메일을 확인하고 신속히 답변
하기 위한 시간을 빼두어야 한다. 면담에 앞서 교수자의 견해

를 서면으로 전달하는 것은 구두로만 진행되는 피드백에 비해 훨씬 효과적인 방법이 틀림없지만 이 역시 상당한 시간 투자를 필요로 한다. 학생의 초고를 꼼꼼히 읽고 교수자의 생각을 정리해 글 발전에 필요한 사항을 정리해 쓰는 작업을 해야 한다. 학생 입장에서는 면담 현장에서 교수자의 구두 설명만 듣는 것에 비해 사전에 한번 의견을 접하고 자기 생각을 정리한 상태에서 만나는 편이 훨씬 효율적이고 유익한 의사소통이 가능할 것이다.

교수자들이 바라보는 Expos 20 강좌의 핵심은 무엇일까. '주어진 조건에 맞춰 정기적으로 글을 쓴다는 것, 그리하여 자기 글에 대해 가장 가혹한 비평을 할 수 있게 되는 것, 식상한 생각이나 표현을 용납하지 못하고 신중하게 어휘를 선택하게 되는 것, 글에 담긴 의미를 날카롭게 가다듬는 즐거움을 깨닫는 것, 고쳐 쓰기의 중요성을 아는 것' 등이 제시된다. 요약하자면 이후 글쓰기 강좌의 도움 없이도 스스로 일정 기준을 충족시키는 글을 쓸 수 있도록 만드는 것이다. 이를 위해 교수자들은 한 학기 동안 지속적으로 학생들을 자극하고 동기를 부여하며 행동하도록, 즉 생각하고 글을 쓰고 다시 검토하고 고쳐 쓰도록 한다.

Expos 20 교수자는 영원히 할 수 있는 일이 아니다. 앞서 보았듯 8년 제한 규정이 있으므로 대부분의 교수자들은 최대 8년까지만 하버드의 글쓰기 강좌 담당으로 일할 수 있다. 그럼 그 이후에는 어떤 길을 가야 할 것인가? 하버드에서 글쓰기 교수자를 지낸 핼펀(Faye Halpern)은 이와 관련해 문제를 제기하는 논문[24]을 썼다. 영역 통합적인 글쓰기 교육이 전공 영역을 지닌 교수자에게 어떤 영향을 미치는가를 주제로 한 논문이었다. 핼펀은 전공영역을 한정하지 않고 통합적으로 이루어지는 글쓰기 교육에 종사하는 교수자는 자기 전공영역에서 전문가로 발전할 가능성, 그리고 전공 정체성에 손상을 입는다고 하였다. 이런 교수자는 현재 '일종의 박사 후 교수자 훈련 과정'에 가까운 글쓰기 교육 현장을 떠난 후 자기 전공 영역에서 뿌리를 내리고 성장할 준비가 미비한 상태가 된다. 그리하여 핼펀은 Expos 20과 같은 영역 통합적 글쓰기 프로그램은 교수자가 글쓰기 교과목 운영자로서 능력을 키우도록 할 뿐 아니라 향후 자기 영역에서도 성장할 수 있도록 방법을 마련해야 한다고 주장하고 있다. 전공 분야와 글쓰기 교육 사이의 이러한 줄타기는 우리의 대학 글쓰기 교수자들에게도 마찬가지로 일어나는 일이다.

....

24 Halpern, Faye. "The Preceptor Problem: The Effect of 'Undisciplined Writing' on Disciplined Instructors." Writing Program Administration 36.2 (Spring 2013): 10–26.

III

Expos 20의 또 다른 참여자, 시스템을 운영하는 기관

학생과 교수자에 이어 이제 하버드 글쓰기 교육의 마지막 참여자인 기관을 살펴볼 차례이다. 기관은 강의실 밖에 존재하지만 대학 글쓰기 교과목 운영의 전반적 조건을 결정하는 주체라는 점에서 중요하다.

1

하버드 대학
글쓰기 프로그램

Expos 20 교과목을 운영하는 주관 기관은 하버드 대학 글쓰기 프로그램(Harvard College Writing Program)이다. 글쓰기 프로그램은 하버드에서 가장 규모가 큰 문리학부(Faculty of Arts and Sciences) 산하이다. 참고로 문리학부에는 학부와 대학원, 공학 및 응용과학대학, 평생교육원, 도서관, 박물관 등이 포함되어 있다.

하버드 대학 글쓰기 프로그램은 글쓰기 교과목 운영, 글쓰기 자료 발간, 디지털 학습 도구 개발, 학과들을 대상으로 한 글쓰기 교육 컨설팅을 주요 업무로 한다. 조직 구성을 보면 총괄 책임자로 소슬런드 디렉터(Sosland Director)가 있고 그

아래 시니어 프리셉터(Senior Preceptor), 하버드 글쓰기 프로젝트 디렉터, 하버드 글쓰기 센터 디렉터가 포진하며 행정 지원 업무 담당자가 두 명이다. 시니어 프리셉터는 Expos 20을 비롯한 글쓰기 교과목 운영을, 하버드 글쓰기 프로젝트 디렉터는 하버드 교수진 컨설팅과 지원을, 하버드 글쓰기 센터 디렉터는 학생들을 위한 글쓰기 상담을 각각 분담하여 담당한다.

하버드 대학 글쓰기 프로그램은 교수자, 즉 프리셉터 40여 명을 두고 있는데 Expos 20을 비롯한 글쓰기 교과목을 운영하는 이 교수자들 중 일부는 하버드 글쓰기 프로젝트에도 소속된 상태이다. 이러한 교수자의 경우 글쓰기 교육, 글쓰기 교육 컨설팅, 각종 자료 제작 업무를 함께 담당하게 되어 시너지 효과가 가능할 것으로 보인다. 하버드 글쓰기 프로젝트의 업무는 하버드 대학에 소속된 교수자들을 지원하는 것으로 구체적으로 글쓰기 과제 부과 및 피드백 방법을 상담하거나 특정 강좌나 전공을 위한 글쓰기 안내 자료를 개발한다. 한편 하버드 글쓰기 센터는 학부생 튜터들을 고용해 글쓰기 관련 상담을 하도록 하는 곳으로 별도의 교수진은 두고 있지 않다.

글쓰기 교과목 운영, 하버드 내 다른 교수자들을 위한 글쓰기 교육 컨설팅, 학생들을 위한 글쓰기 상담이 총괄 책임자 아래 함께 모여 있다는 점이 인상적이다. '학생들이 이후 학부 과정에서 접하게 될 글쓰기 과제의 기본적인 유형을 접하게끔 한다'는 Expos 20의 교육 목표는 이러한 구조에 힘입어 실현 가능할 것이다. 글쓰기 교과목을 운영하는 교수자들이 하버드 내 다른 교과목의 글쓰기 과제 부과 및 피드백 관련 컨설팅도 맡아 함으로써 글쓰기 교육의 연속성과 효율성을 높일 수 있다. 학생들이 글쓰기에 도움이 필요할 때 찾는 글쓰기 센터 또한 한 지붕 안에 있으므로 글쓰기 교과목 교수자들이 제작한 자료를 활용할 수 있고 학부생 튜터가 해결하기 어려운 문제에 대해서는 교수자들의 도움을 받을 수도 있을 것이다.

2

총괄 책임자
소슬런드 디렉터(Sosland Director)

하버드 대학 글쓰기 프로그램을 총괄하는 책임자는 소슬런드 디렉터이다. 소슬런드라는 명칭은 1990년대에 수백만 달러를 출연해 하버드 Expos 글쓰기 프로그램이 출범하도록 도운 출판 가문 소슬런드에서 온 것이다.

이 가문의 닐 N. 소슬런드는 하버드 대학에 다니던 시절, 과제를 제출했다가 "이게 하버드 학생이 쓴 글이란 말이지?"라면서 어이없어 하는 교수들과 몇 차례 마주친 경험이 있다고 한다. 이후 언론인으로 활동하며 출판 가업을 잇게 된 그는 자기가 그랬듯 글쓰기에 어려움을 겪는 후배 학생들을 돕

기 위해 거액을 내놓았다.[25]

하버드 대학 글쓰기 프로그램은 자체 예산을 보유한다고 자랑스럽게 밝히는데 그 예산이 바로 소슬런드 출연 기금이다. 이 기금을 바탕으로 자체 건물을 확보하고 총괄 책임자도 고용하면서 책임자 직함에 기금 출연 가문의 성을 붙인 것이다. 하버드 대학의 글쓰기 교육과 관련해 우리나라 언론의 인터뷰 대상이 된, 그리하여 이 책 서두에 소개되었던 낸시 소머스가 바로 이 소슬런드 디렉터 출신이다. 하버드 대학 글쓰기 프로그램에 무려 20년 동안 몸담았고 그중 13년 동안은 책임자인 소슬런드 디렉터를 지냈다고 한다. 연도로 보면 1987년경에 교수자가 되었고 1994년부터 2007년까지 책임자 역할을 맡은 셈이다.

낸시 소머스는 보스턴 대학교 교육학 박사(1978)로 시니어 프리셉터를 거쳐 소슬런드 디렉터가 되었다고 한다. 학생 글쓰기에 대한 교수자의 피드백을 중심으로 여러 논문을 발표했고 동영상 자료도 만들어 좋은 반응을 얻었다. 대학생을 위한 글쓰기 가이드 도서도 여러 권 출판했다. 하버드 대학 글

25 http://www.thecrimson.com/article/2007/8/28/expos-director-exits-neil-n-sosland/

쓰기 프로그램의 중요한 구성 요소 중 하나로 글쓰기와 관련하여 하버드 전공 교수진 대상 컨설팅 및 지원 업무를 담당하는 하버드 글쓰기 프로젝트를 처음 만든 인물도 바로 낸시 소머스이다. 결국 오늘날의 하버드 글쓰기 프로그램 조직을 만든 장본인이라 할 수 있다. 1872년에 탄생한 Expos 20이 오늘날의 모습으로 교육되기 시작한 것도 낸시 소머스 이후로 판단된다.

낸시 소머스는 2007년에 급작스럽게 사임했다. 이유는 분명하지 않다. 2007년 8월의 하버드 크림슨 기사[26]는 말하기와 글쓰기 교육 검토 위원회가 Expos 교과목에 좋은 평가를 내렸지만 목표 달성이나 다른 전공과의 연계 측면에서는 아쉬운 점을 지적했다고 보도하여 기대에 미치지 못한 평가가 사임의 이유가 되었을 가능성을 시사한다. 하버드 대학 글쓰기 프로그램과 Expos 20을 떠나긴 했어도 낸시 소머스는 여전히 글쓰기 교육 현장에 남아 있다. 하버드 교육대학원 수석 강사로서 글쓰기 워크숍을 진행하고 신규 교수자를 교육하는 일을 하게 된 것이다.

갑자기 공석이 된 소슬런드 디렉터 자리는 일단 토머스 젠

---

26 http://www.thecrimson.com/article/2007/8/28/expos-director-exits-neil-n-sosland/

이 임시로 맡았는데 결국 지금까지 10년이 훌쩍 넘도록 역할을 수행하고 있다. 토머스 젠은 영어영문학 박사로[27] 1997년부터 하버드 대학 글쓰기 프로그램에서 가르쳤고 시니어 프리셉터로도 오래 일한 듯하다. 햇수로 따지자면 낸시 소머스보다 오히려 토머스 젠이 더 오래 하버드 글쓰기 교육에 몸을 담은 셈이다.

하버드 대학 글쓰기 프로그램 총괄 책임자 소슬런드 디렉터 두 사람의 면면을 보면서 인상적인 점은 두 가지이다. 첫째, 교수자 출신으로 장기간 경험을 쌓은 인물이 책임자를 맡는다는 점이다. 이는 정책의 현실적 타당성을 높여줄 것이다. 글쓰기 강의를 직접 운영해본 사람인만큼 현장의 특성과 고충을 정책에 더 잘 반영할 수 있을 것이기 때문이다. 둘째, 장기 근속한다는 점이 눈에 띈다. 소머스는 13년 동안 총괄책임을 맡았고, 젠은 소머스가 물러난 이후 12년째 총괄 책임자를 지내고 있다. 책임자가 오랫동안 자리를 지키는 상황이어야 장기적 의사결정이 가능하다. 또한 글쓰기 교육의 성과와 문제점이 지속적으로 관리되고 고려될 수 있다.

----

27 https://writingprogram.fas.harvard.edu/pages/people

3

글쓰기 프로그램
운영 기관의 주된 활동

앞서 살펴보았듯 하버드 대학 글쓰기 프로그램의 주된 활동은 Expos 20을 비롯한 글쓰기 교과목 운영(시니어 프리셉터를 위시한 교수자들), 하버드 교수진 컨설팅(하버드 글쓰기 프로젝트), 학생들을 위한 글쓰기 상담(하버드 글쓰기 센터)로 요약된다. 이 중 학부생 튜터들이 주로 활동하는 글쓰기 상담을 제외하고 앞의 두 가지에 대해서는 조금 더 살펴볼 필요가 있다.

Expos 20이라는 글쓰기 교과목이 하버드 전교생 필수과목으로 성공적으로 운영되기 위해서는 강좌 간 편차를 최소화하려는 노력이 필요하다. 앞서 학생 평가에서 강좌별로 읽기 자료의 분량, 토론을 흥미롭게 이끄는 교수자의 능력, 평가 공정성 등에서 차이가 난다는 지적도 소개한 바 있다. 서로 다른 교수자가 진행하는 강좌들이 완전히 똑같은 모습일 수는 없다. 교수자의 특성이 강좌 운영에 반영될 수밖에 없기 때문이다. 다만 학생들이 어느 정도 분량의 자료를 읽어야 하는지, 한 학기 동안 어느 정도 분량의 글을 어느 정도의 노력을 들여 써야 하는지 등 큰 틀에서의 통일은 필요하다.

Expos 20 교과목 강좌들의 통일성을 확보하는 작업은 개별적인 강좌 담당자를 넘어서 기관이 맡아야 한다. 하버드 대학 글쓰기 프로그램은 이를 위해 나름의 노력을 기울이는 것으로 판단된다. 그 노력은 다음 몇 가지로 드러난다.

Expos 20을 담당하게 될 신규 교수자는 강좌 운영이 시작되기 5, 6개월 전에 채용이 결정된다. 그리고 교과목을 맡기에 앞서 여름방학 때 두 차례 오리엔테이션을 거친다. 교수자는 기존에 만들어진 강좌를 맡는 것이 아니라 자기 전공이나 관심사를 반영해 새로운 Expos 20 강좌를 개발하도록 되어 있다. 따라서 사전에 준비할 시간이 필요하다. 교수자 선발 때 나름의 강좌 개발 계획을 제출하기는 하지만 계획이 실제 강좌로 현실화되기 위해서는 여러 과정을 거쳐야 한다. 진

지하고 흥미로우면서도 글쓰기 과제와 잘 결합된 강좌 개발
은 결코 쉽지 않은 작업이다. 하버드 대학 글쓰기 프로그램이
라는 기관은 바로 그 과정을 지원해준다. 오리엔테이션에 선
임 교수자들이 참여해 경험을 공유하고 멘토 역할을 담당하
는 것이다. 결국 신규 교수자의 새로운 Expos 20 강좌는 단
독으로 개발된다기보다 여러 교수자들이 함께 설계한다고 보
는 것이 더 정확하다.

또한 신규 교수자가 첫 한 해를 보내는 동안 선임 교수자가
멘토이자 슈퍼바이저 역할을 맡아 도움이 필요할 때마다 지
원해준다. 첫 해가 지난 후 신규 교수자는 평가를 통해 2년차
계약 여부를 통보받게 되므로 이 한 해는 적응기인 동시에 능
력을 보여야 할 시험대가 된다.

신규 교수자 교육과 지원에 중요한 존재는 시니어 프리셉
터(Senior Preceptor)이다. 시니어 프리셉터는 Expos 20 교수
자들 중에서 단 한 명 임명된다. 다년 재계약이 가능한 직위
로 8년 제한 규정에서 자유로운 것으로 보인다. 구인구직 사
이트 글래스도어(www.glassdoor.com)에서 확인되는 시니어
프리셉터 연봉은 8만3천 달러 정도로 프리셉터에 비해 30%
가량 더 많다. 이는 강좌를 맡아 운영하는 데 더해 다른 교수
자들을 관리하는 등의 업무를 맡는 대가라 할 수 있다.

신규 교수자가 무사히 2년차 재계약을 한다 해도 3년차가 되려면 또다시 평가를 통과해야 한다. 그 후에야 비로소 다년 계약을 맺을 수 있다. 신규 교수자에 대한 평가를 이렇게 거듭하는 것 또한 하버드 대학 글쓰기 프로그램이라는 기관이 글쓰기 강좌의 품질을 유지하고 통일성을 확보하는 장치가 된다. 평가라는 채찍만 존재하는 것은 아니다. 강좌 운영을 위한 교수자들 회의, 교수자 콜로키엄 등 다양한 자리가 마련되어 교육관련 관심사 논의의 장이 된다고 한다.

기관은 새로운 강좌 개발의 방향을 정하고 교수자들을 독려하는 역할도 담당한다. 현재는 공동체 참여형 Expos 20 강좌 개발을 공모해 선정된 강좌에 상금을 주는 사업을 진행 중이다. 공동체 참여형 강좌란 하버드 대학교가 위치한 지역 공동체와 Expos 20 강좌를 연계하는 것이다. 캠퍼스 안의 고립된 교육을 넘어서서 지역 공동체의 문제를 파악하고 더 나아가 해결하는 교육을 지향하려는 노력이다. 캠퍼스 주변 지역은 학생들의 학습과 글쓰기의 원천 자료를 제공하기도 하고 학생들이 소통할 수 있는 대상이자 독자가 되기도 한다. 2018년 봄 학기에 개설되었던 Expos 20 강좌 〔보스턴 학교들의 평등을 위한 싸움〕이 공동체 참여형의 한 예가 될 수 있다. 보스턴 소재 공립 고등학교들의 인종 및 계층 분리 현상을 파악하고 해결책을 논의하는 이 강좌에서는 고등학교를 방문하고 현직 교사와 만나는 등의 현장 활동을 하게 된다.

다음으로는 하버드 글쓰기 프로젝트가 맡고 있는 하버드 교수진에 대한 글쓰기 관련 컨설팅을 살펴보자. 하버드 글쓰기 프로젝트 홈페이지[28]를 보면 학생들에게 효과적으로 글쓰기 과제를 부과하고 피드백 하는 방법을 컨설팅한다고 나온다. 교양 및 전공 교과목을 담당하는 교수자들은 해당 내용에 대해 전문적 지식을 갖추었겠지만 어떤 글쓰기 과제를 내주어야 할지, 학생들이 제출한 과제에 대해 어떻게 피드백을 주어야 할지는 잘 모를 수 있다. 이런 상황에서 하버드 글쓰기 프로젝트는 큰 도움이 될 것이다.

앞서 Expos 20이 학생들이 하버드 학부 과정에서 접하게 될 글쓰기 과제의 기본적인 유형을 접하게끔 하는 목표를 지닌다고 하였다. 하버드 학부 과정에서 부과되는 글쓰기 과제가 어떤 유형인지 파악하는 작업은 이미 과거에 수행되어 교과목 운영에 반영된 상태이다. 그리고 이제 하버드 글쓰기 프로젝트는 Expos 20이 하버드의 다른 교과목 글쓰기 과제와 연결되도록 하는 다리 역할을 맡고 있는 것으로 보인다. 다른

---

28 https://writingproject.fas.harvard.edu/

교과목 교수자들에게 학생들이 Expos 20에서 글쓰기와 관련해 무엇을 배우고 어떤 글쓰기를 연습했는지 알려준다는 점에서, 또한 Expos 20에서 학생들이 익힌 글쓰기 관련 용어를 정리해 제공함으로써 교수자와 학생 간 의사소통에 문제가 없도록 돕는다는 점에서 그렇다. 하버드 글쓰기 프로젝트의 컨설팅은 글쓰기 교육에 익숙하지 않은 하버드 교수진에 대한 서비스인 동시에 하버드 글쓰기 프로그램이 여타 전공과 밀접한 관계를 맺으며 진행되도록 하는 기관 차원의 연결 활동인 것이다.

HARVARD
WRITING

3부

COLLEGE PROGRAM

우리의 대학 글쓰기
교육을 돌아본다

I

우리의 대학 실정에 맞는 글쓰기 교육

지금까지 교과목 운영, 학생, 교수자, 기관이라는 네 차원에서 하버드 대학교의 글쓰기 교과목 Expos 20를 살펴보았다. 이제 이를 거울삼아 우리의 대학 글쓰기 교육에서 검토가 필요한 지점을 짚어보려 한다. 하버드 대학의 글쓰기 교육이 우리에게 정답일 수는 없다. 명백한, 또한 미묘한 상황과 맥락 차이가 존재하기 때문이다. 다만 하버드를 하나의 비교 사례로 둔다면 우리의 대학 글쓰기 교육에서 보완과 개선이 필요한 부분을 더 잘 파악할 수 있을 것이다.

앞부분에서 이미 밝혔듯 우리 대학들도 대부분 글쓰기 교과목을 전교생 교양 필수로 부과하고 있다. 명칭은 학교에 따라 '사고와 표현', '말과 글', '창조적 사고와 표현', '학술적 글쓰기', '논증적 글쓰기', '대학 글쓰기' 등으로 다양하다. 두 개 교과목 이상을 필수로 듣도록 하는 경우도 있다. 여기서는 각 대학 필수 글쓰기 수업의 평균적인 모습을 염두에 두고 우리 글쓰기 교육을 살펴보고자 한다.

1

몇 명이면 글쓰기 수업이
제대로 될까

Expos 20의 수강 정원은 15명이다. 15명이라는 정원은 글쓰기 수업 뿐 아니라 전체 교과목을 통틀어도 우리 대학가에서 찾아보기 어려운 숫자이다. 현재 진행되는 대학 글쓰기 교과목 한 강좌의 정원은 가장 적은 경우가 23명이고 많게는 60명을 넘어가기도 한다. 평균은 35명 정도이다.

강좌당 학생 수가 많다는 것은 교수자가 학생 한 명 한 명에게 상대적으로 관심을 적게 기울일 수밖에 없다는 의미이다. 개인적인 경험에 비춰볼 때 인원이 30명이 넘는 경우 한 학기가 다 지나가도 학생 이름과 얼굴을 외우기 어렵다. 교수자와 학생 간 관계 형성의 첫 관문부터 넘기가 쉽지 않은 것이다.

더 나아가 강좌당 학생 수는 강좌 운영의 방식 또한 제한하게 된다. 평균치인 35명을 가정한다 해도 전체가 참여하는 토론은 진행하기 힘들다. 어차피 모두가 발언하기에는 시간이 부족한 상황이다. '굳이 토론에 끼어들지 않고 물러서 있어도 괜찮겠구나'라는 생각이 퍼지기 시작하면 결국 모두가 수동적인 구경꾼이 되기 마련이다. 또한 35명 학생의 글을 교수자가 일일이 비평해주는 것도 어렵다. 여러 차례 필요한 피드백을 한 번으로 줄인다거나 몇 편의 글을 골라 공개 첨삭하는 등의 방법을 택할 수밖에 없다.

수강 정원 조정은 학교 입장에서는 재정과 직결되는 문제다. 정원을 줄이면 반이 늘어나고 교수자 수도 함께 늘어나야 한다. 수강 인원 100명이 훌쩍 넘는 대형 강의가 드물지 않은 우리 대학 상황에서 글쓰기 교과목의 강좌당 평균 수강생 35명은 상대적으로 적게 느껴질지 모른다. 하지만 하버드 Expos 20의 강좌당 15명을 고려한다면 글쓰기 수업의 적정한 인원은 몇 명인지, 그 적정 수준으로 조정할 방법은 무엇인지 고민할 필요가 있다.

참고로 글쓴이가 운영하는 글쓰기 수업의 정원은 25명이다. 한 주에 두 번씩 만나는 교수자가 개강 후 20일 정도면 이름을 다 외울 수 있고 학생들도 학기 중반을 넘어서면 서로 이름을 불러줄 수 있는 인원이다. 하지만 25명도 75분 수업 중에 모두 자기 목소리를 내기에는 다소 많다고 생각된다. 수강 정원 20명 정도면 이상적이다. 학기 초에 정원을 꽉 채워 출발해도 중간에 수강 취소나 휴학 등으로 빠져나가는 학생들이 몇 명 생기곤 하니 20명으로 정원을 잡는 경우 17-18명이 함께 한 학기를 보내게 될 것이다.

2

우리 학생들은
교재 중심 수업에 강하다

우리의 대학 글쓰기는 교재를 중심으로 진행되는 경우가 많다. 각 대학의 '사고와 표현' 교재들은 여러 글쓰기의 유형을 소개하고 연습하도록 하는 내용이다. 좋은 글의 사례도 담고 있다.

교재는 글쓰기라는 필수 교과목의 강좌별 통일성을 확보하는 수단이다. 강좌별로 교수자와 학생이 달라지지만 다루는 내용은 교재를 중심으로 동일해지도록 하는 것이다. 강좌 간 통일성 확보 외에도 교재 중심 수업은 교수자의 숙련도에 따른 강좌 편차를 줄이고 수업 진행 방향의 예측 가능성을 높이는 등의 장점을 지닌다.

하지만 단점도 적지 않다. 교재를 중심으로 하는 수업은 강의에 치중될 가능성이 높다. 내용 전달이 필요하기 때문이다. 당연히 학생이 참여하는 능동적 학습의 가능성이 제한된다. 다양한 교수방법을 적용해보고 싶은 교수자인 경우 교재의 내용이 일정 정도 이상 다뤄져야 한다는 면에서 수업 운영의 자율성이 제한되고 만다.

글쓰기가 교재를 바탕으로 한 내용 선달이라는 방법으로 학습 가능한 것인지에 대한 근본적인 의문도 남는다. 이런 점에서 철저히 학생의 글쓰기, 그리고 교수자와의 1:1 만남 중심으로 교재 없이 진행되는 하버드 Expos 20은 우리에게 시사하는 바가 크다. 물론 우리의 대학 글쓰기 수업이 교재 중심으로 이루어지는 데는 강좌당 학생 수라는 상황 요인도 작용할 것이다. 많은 학생들의 글쓰기를 1:1로 다루지 못하는 상황이라면 교재를 통해 글쓰기와 관련된 기본 사항을 전달하는 것이 차선의 선택이기 때문이다.

3

주제 제시형 글쓰기와 자유형 글쓰기

우리의 대학 글쓰기 교과목 강좌는 Expos 20과 달리 주제별로 개설되지 않는다. 따라서 글쓰기 과제의 주제가 사전에 정해지지 않는다.

Expos 20이 주제 관련 내용을 읽기와 토론을 통해 검토한 뒤 주어진 텍스트를 면밀히 읽고 분석하는 글, 자료에 담긴 주장을 평가하거나 2-3개 자료를 비교 분석하는 글, 3-10개 자료를 참고해 학문적 논쟁에 대한 자기 의견을 밝히거나 현상을 평가하는 글을 쓴다고 앞에서 소개하였다. 우리의 대학 글쓰기 교과목에서는 묘사문, 설명문, 비평문, 논증문 등 글의 목표가 서로 다른 다양한 글쓰기를 연습한다. 맞춤법, 띄어쓰기, 문법적으로 정확한 문장 쓰는 법도 다뤄진다. 글 길이는 Expos 20에서 쓰는 글에 비해 상대적으로 짧다. 수업 시간 중에 원고지에 직접 글을 쓰도록 하는 경우도 있다. 이때는 글 길이가 더욱 짧아진다. 수업 시간 중에 원고지 글쓰기를 하도록 하는 이유는 여러 가지이다. 정확한 띄어쓰기를 연습할 수 있고 학생들의 과제 부담을 줄이며 다른 사람의 글을 베낄 가능성도 낮추게 된다.

　글쓰기 과제와 관련해 Expos 20과 비교하기에 더욱 적합한 교과목은 글쓴이의 소속 대학에 개설되는 영역별 글쓰기(인문학 글쓰기, 사회과학 글쓰기, 과학과 기술 글쓰기)로 보인다.[29] 3-4편의 글쓰기 과제가 짧은 글 연습에서부터 시작해 여러 자료를 참조하는 학술 글쓰기에 이르기까지 심화과정으로 부과된다는 점, 학생의 초고가 동료비평 및 교수자 첨삭 과정을 거쳐 수정된다는 점 등에서 Expos 20과 유사점이 많다.

29　글쓴이 소속 대학에는 '대학국어'를 전신으로 하는 '글쓰기의 기초' 교과목과 영역별로 나뉜 글쓰기 교과목들('인문학 글쓰기', '사회과학 글쓰기', '과학과 기술 글쓰기')이 공존한다. 단과대학별로 조금씩 상황이 다르지만 대부분의 학생들은 이들 글쓰기 교과목 중 하나를 선택해 듣게 된다. '과학과 기술 글쓰기'를 필수로 지정한 공과대학을 제외한 나머지 단과대학의 학생들 대부분은 전공과 상관없이 관심 있는 영역별 글쓰기를 선택할 수 있다.

Expos 20과의 가장 큰 차이는 영역별 글쓰기에 강좌별 주제가 정해져 있지 않다는 점이다.

글쓰기 강좌에서 사전에 주제가 정해지지 않는 경우 학생들은 글감 선택이 자유로우므로 상대적으로 더 큰 자율성을 누릴 수 있다. 시간과 노력이 많이 투자되어야 하는 글쓰기라는 과업에서 원하는 주제를 선택할 수 있다는 것은 중요한 장점이자 동기부여 요소가 될 수 있다. 물론 주제를 잡기 위해서는 고민의 시간이 필요하고 이를 부담스럽게 여기는 학생들도 종종 있다. 하지만 학생이 장기적으로 만들어갈 글쓰기 이력에서 주제가 주어지는 경우보다는 그렇지 않은 경우가 더 많을 것이고 이를 고려한다면 관심 있는 주제를 선정하는 과정 또한 중요한 연습이 될 수 있다. 영역별 글쓰기 교수자는 초고 검토에 앞서 학생들의 주제 선정 과정에서도 조언을 주고 있다.

영역별 글쓰기의 과제 지침은 Expos 20에 비해 훨씬 덜 구체적이다. 이는 애초부터 특정 주제가 정해지지 않은 상황 때문이라고 할 수 있다. 제시된 읽기 자료를 바탕으로 논리적, 분석적인 글을 써야 하는 Expos 20과 달리 영역별 글쓰기 강좌에서는 학생들이 선택한 주제와 참고자료 등에 따라 글이 서로 다른 형식으로 쓰일 수 있도록 여지를 둔다. 감상문은 논리보다 감정적 공감에 치중할 수 있다.

비판보다 성찰이 중심이 되는 글도 가능하다. 글쓴이가 맡고 있는 영역별 글쓰기 강좌인 '인문학 글쓰기'에서는 논리성과 비판성 못지않게 글의 창의성과 자기 성찰에 중점을 둔다. 논리와 비판이 글쓰기 목적의 전부는 아니라는 판단 때문이다.

주제와 접근 방식을 한정지음으로써 학생들이 글의 구성이나 조직에 더 집중하도록 하는 Expos 20, 이와 달리 주제와 형식을 자유롭게 선택할 수 있도록 하는 영역별 글쓰기는 글쓰기 교육에 대한 서로 다른 접근법을 보여준다. 글쓰기의 과정을 '계획 – 목표 설정 – 초고 작성 – 동료평가 – 수정 – 편집'으로 단계를 나눠볼 때 Expos 20 학생들은 주어진 기준과 요건을 충족시키는 글을 쓰기 위해 3단계의 '초고 작성'부터 시작하게 되는 반면, 영역별 글쓰기 부문의 학생들은 일단 관심 있는 주제를 찾고 어떤 방식으로 접근할 것인가부터 고민해야 하므로 1단계의 '계획'부터 경험하게 된다.

한 학기라는 한정된 시간 동안 '계획' 단계부터 시작해 글을 쓰는 영역별 글쓰기 부문 학생의 결과물은 두 단계를 건너

뛰고 '초고 작성'부터 들어간 Expos 20 학생의 결과물에 비해 체계성이나 완성도는 조금 떨어질 수 있다. 하지만 글쓰기 과정 전체에서 자율적 선택권을 행사한다는 점은 큰 의미를 지닌다.

4

절대평가와
상대평가의 균형

많은 수의 학생을 대상으로 교재 중심으로 운영되는 우리 대학의 글쓰기 교과목들은 필기시험을 실시하는 경우가 많다. 여러 강좌의 학생들이 같은 날 같은 시간에 모여 같은 문제를 풀게 되는 시험이다. 필기시험은 객관식과 단답형 문항이 중심이고 경우에 따라 짧은 글쓰기가 더해질 수 있다. 이러한 시험은 강좌 간 통일성을 확보하기 위한 또 다른 방법이다. 서로 다른 강좌를 맡은 교수자들이 최소한 시험에 포함된 범위의 내용은 필수적으로 다루도록 만들기 때문이다.

글쓰기 교과목에서 필기시험으로 학생을 평가하는 상황은

사실 글쓴이에게 썩 납득이 가지 않는다. 필기시험은 지식수준을 평가하는 방법이다. 그런데 글쓰기는 지식 습득이 아닌 경험과 실습 중심의 교과목이 아닌가. 결국 필기시험은 강좌당 학생 수가 너무 많아 어차피 충실한 글쓰기 실습과 평가가 불가능한 상황에서 나온 고육지책으로 보인다.

하지만 학생들은 필기시험에 충분히 익숙하다. 대학 입시 위주의 중등교육을 거치면서 워낙 익숙해진 탓이다. 공부란 선생의 설명을 듣고 머릿속으로 잘 정리해 외운 후 시험을 봐서 성적을 받는 것으로 정형화되어 있다. 그리하여 대학 교육도 그 형태대로 흘러가게 된다. 굳이 변화를 시도하여 학생들을 적응시키기보다는 기존의 방식을 고수하는 것이 교수자도, 학교 당국도 편하기 때문이다.

필기시험은 상대평가를 수호하는 방패이기도 하다. 상대평가란 학생들을 서로 비교해 위치를 가늠하고 이를 기준으로 성적을 부여하는 방식이다. 이와 달리 절대평가는 학생의 성취 수준을 기준으로 성적을 부여하는 방식이다. 상대평가 방식에서는 어떤 학생들과 함께 수업을 듣느냐에 따라 성적이 달라진다. 좋은 학점을 지상목표로 삼고 경쟁하는 학생들 틈에서 즐기며 공부하는 여유를 부리기는 어렵다. 해당 교과목의 내용을 애초부터 잘 알고 그 지식에 숙달된 학생들과 같은 강좌에서 만나게 된 나쁜 경우라면 어차피 좋은 학점이 불가능하다. 대학의 상대평가에는 한 강좌 수강생 중 몇 퍼센트가 A학점을 받을 수 있는지가 정해져 있다. 교수자는 그 퍼센트를 맞추느라 진땀이 난다. 성실하게 최선을 다한 학생들 틈에서 어떻게든 흠결 있는 경우를 찾아내 낮은 학점을 줘야 하기 때문이다. 이럴 때 필기시험이 유용하다. 1점 차이로 A학점과 B학점이 갈린다해도 시험 성적 때문에 학점이 낮아졌다고 하면 그 방식에 더할 나위 없이 익숙한 학생들이 군말 없이 받아들인다.

글쓴이는 대학 교육에서 상대평가가 사라져야 한다고 믿는다. 한꺼번에 바꾸기 어렵다면 교양 교육, 그중에서도 글쓰기 교육은 절대평가를 우선적으로 도입해야 한다고 생각한다. 평가 방식은 교육 방식을 결정한다. 상대평가는 경쟁을 바탕으로 한다. 협력을 통해 모두가 발전하는 교육은 상대평가와 공존할 수 없다. 서로의 생각을 토론으로 공유하고 더 나은 글을 쓰기 위해 교수자와 학생이, 학생과 학생이 머리를 맞대는 글쓰기 수업은 상대평가와는 맞지 않는다.

Ⅱ

우리의 대학 글쓰기 교육에서
학생은 누구인가?

1

대학 입학 전의
단편적 글쓰기 경험

하버드 대학교 신입생들은 고등학교 시절 많은 수업에서 5단락 글쓰기를 하고 교사의 피드백을 받으며 글쓰기를 익혔다. 대입 과정에서도 분석적 읽기 능력을 평가하는 SAT 에세이 시험을 치렀으며 창의적이고 솔직한 자기소개 에세이도 작성했다. Expos 20은 그러한 바탕을 지닌 학생들에게 필수로 부과되는 교과목이다. 논리적 구성을 갖추지만 상대적으로 길이가 짧은 5단락 글쓰기를 초보적인 단계의 학술적 글쓰기로 보고 다음 단계인 학술적 글쓰기로 넘어가는 것이다. 읽기 능력과 정서적 글쓰기 능력은 SAT 에세이 및 자기소개 에세이로 한번 검증되었다고 볼 수 있다.

하지만 우리 대학생들은 상황이 다르다. 이공계 학생의 경우 고교시절에 글쓰기를 할 기회는 거의 없다. 인문사회계 학생의 경우 상대적으로 글쓰기 기회는 더 많지만 수업에서 일상적으로 글쓰기가 이루어지기보다는 논문 형식을 요구하는 외부 대회용으로, 혹은 교내 수행 평가를 위해 글을 쓰게 된다. 대학 입학을 위해 쓰는 자기소개서나 논술은 입시 전문가들이 이미 내용과 형식을 정리해둔 특수한 글쓰기로 학생들의 창의성을 거의 용납하지 않는다.

전체적으로 글쓰기 경험이 적은데다가 그나마 써보았던 글도 좋은 평가 점수를 받기 위한 목적 지향적 유형이 대부분이었던 우리 대학생들은 글쓰기에 대해 일단 부정적이다. 가능하면 피하고 싶은 일로 여긴다. 글쓰기 과제가 나오지 않는 교과목만 골라 듣는다는 학생들도 있다. 이런 글쓰기 회피 전략은 충분히 실현가능하다. 대규모 학생들을 모아두고 일방향 강의가 이어진 후 필기시험으로 마무리 되는 교과목이 여전히 많기 때문이다.

Expos 20 교과목과 같은 접근은 글쓰기에 대한 우리 학생들의 부정적인 태도를 한층 강화할 가능성이 크다. 주제가 정해지고 읽기 자료가 주어지며 교수자의 요구 조건이 구체적으로 제시되는 글쓰기, 형식적 요건이 강조되는 글쓰기는 학생들이 익히 접해온 평가 중심 글쓰기를 떠올리게 할 것이다.

대학 글쓰기 교과목 설계에는 학생의 특성이 반영되어야 한다. 미국 하버드 대학교 입학생과 우리나라 대학교 입학생은 고교시절까지의 글쓰기 경험이 전혀 다르다. 이를 고려하지 않고 남의 것을 무작정 도입할 수는 없다.

2

참여형 수업 실현은
가능할까

우리 대학생들은 고교시절까지 강의식 일방향 학습을 주로 해왔지만 기회만 주어진다면 적극적으로 수업에 참여할 잠재력이 풍부하다. 글쓴이는 영역별 글쓰기 교과목인 '인문학 글쓰기'를 13년 동안 운영하면서 이 점을 확인할 수 있었다. 이 글쓰기 교과목에는 강의도, 교재도, 시험도 없다. 학생들은 주제와 형식을 자유롭게 선택해 세 편의 글을 쓴다. 수업 시간에는 그 글에 대해 다함께 토론을 벌인다. 토론은 더 좋은 글이 되도록 돕기 위한 비판과 제언이기도 하지만 여기서 더 나아가 글쓴이가 선택한 주제나 글쓴이의 주장을 확장하고 공유하는 과정이기도 하다.

학생들이 성실하게 자기 글을 쓰지 않는다면, 또한 동료들의 글을 꼼꼼하게 읽고 솔직하게 의견을 내놓지 않는다면 이 교과목은 제대로 운영되지 못한다. 처음에는 우려가 없지 않았지만 학생들은 예상보다 훨씬 적극적으로 참여했다. '대학에 와도 고등학교 때 수업과 별로 다른 것이 없다'고 불평하던 학생들의 경우 새로운 수업 방식을 더욱 쉽게 받아들였다.

정규 교과목인 만큼 이 글쓰기 수업에도 평가는 없을 수 없다. 하지만 글을 쓰고 읽고 글에 대해 토론을 벌이면서 학생들은 글쓰기가 평가만을 위한 것이 아니라는 점, 내 생각과 의견을 정리해 전달하는 방법이자 소통의 수단이라는 점을 서서히 알아 간다. 물론 불만도 존재한다. 학생들은 글쓰기 교과목을 담당하는 교수자가 자신들보다 조금 더 큰 발언권을 지니고 글의 방향성을 잡아주면 좋겠다고 한다. 학생들 수준이 다 그만그만하니 발전에 한계가 있다고도 한다. 하지만 우리 수업에서 교수자는 여전히 학생들과 동등한 참여자로 남아 있다. 한 명의 교수자가 20명 이상 학생들보다 더 좋은 제언을 할 수 있다고 보기 어렵다는 판단 때문이다. 또한 교수자의 역할이 커지면 커질수록 학생들의 협력 활동이 줄어들 것이라는 우려도 작용한다. 중요한 교훈은 이것이다. 우리의 대학 글쓰기 교육도 학생 참여를 적극 유도하는 협력학습 형태로 충분히 운영될 수 있다.

III

우리의 대학 글쓰기 교육에서
교수자의 역할은 무엇인가?

1

비정규직 혹은
시간강사 교수자의 지위

우리의 대학 글쓰기 교과목은 비정년 전임교수, 비정년 비전임 계약직 교수, 시간강사 등이 주로 맡고 있다. 대학의 의사결정에 온전히 참여할 수 있는 정년 전임교수는 극히 드물다. 글쓰기 교과목 교수자는 모두 박사 학위 소지자이고 전공은 국문학과 철학을 위시해 외국어문학, 정치학, 사회학, 언론학 등 다양하다.

글쓰기 교과목을 맡는 교수자는 매 학기 12학점을 담당하는 것이 일반적이다. 즉 한 주에 12시간 강의를 하게 된다. 강좌 당 3학점인 경우는 4강좌를, 강좌 당 2학점인 경우는 6강좌를 맡는다. 수강 정원이 가장 적은 25명이라 해도 4강좌를 맡는 교수자는 100명, 6강좌를 맡는 교수자는 150명을 매 학기 만나는 셈이다. 학생 하나하나의 글을 상세히 검토하고 피드백하기에 참으로 힘든 여건이 아닐 수 없다. Expos 20 교수자들이 매 학기 두 강좌, 강좌 당 최대 15명을 담당하는 것과는 비교가 되지 않는다.

업무에 비해 처우는 좋지 않은 편이다. 우선 안정성이 떨어진다. 2-3년에 한 번씩 재계약하는 것이 일반적이다. 글쓴이가 처음 글쓰기 교과목 담당으로 채용되었을 시점의 고용 조건은 최대 3년까지 매년 재계약할 수 있다는 것이었다. 3년마다 교수자를 교체하면서 신규 인력에게 글쓰기 교육을 맡기겠다는 결정은 교육에 대한 고려보다는 박사 학위자들을 위한 일시적 일자리 제공에 더 큰 의미를 두는 듯했다. 글쓴이가 3년차가 되었을 때 규정이 바뀌었고 결국 지금까지 글쓰기 선생으로 13년을 보내게 되었다.

글쓰기 교수자의 급여는 가장 높은 경우가 정년 전임교원의 80% 수준인 비정년 전임교수이지만 이런 사례는 많지 않다. 글쓴이는 4강좌를 담당하는 시간강사에 해당하는 급여를 받는다. 계약직이므로 호봉이 적용되지 않아 오래 재직하더라도 급여는 오르지 않는다. '강의교수'라는 명칭을 달고 있으나 정확히 표현하면 '3년 단위로 재계약하고 4대 보험이

지급되는 시간강사'이다.

최대 재직 기간 8년이라는 규정을 적용받으며 재계약을 반복하는 하버드의 Expos 20 교수자와 우리의 대학 글쓰기 교수자는 모두 지위가 불안정하다. 언제까지 글쓰기 강좌를 맡아 운영할 수 있을지 알 수 없는 상황은 강의에 투입할 수 있는 의욕과 에너지를 제한한다. 글쓰기 강좌를 더 이상 맡지 못하게 될 경우를 고려해 자기 전공 분야의 연구도 병행하면서 기회를 모색해야 하기 때문이다.

글쓰기 교과목 교수자의 불안정한 지위는 어디에 원인이 있을까? 본래 글쓰기 교과목은 오랜 경험을 쌓은 노련한 교수자를 필요로 하지 않는 것일까? 글쓴이 소속 대학에서 3년 제한 규정이 사라진 것을 감안하면 그렇게 보기는 어렵다. 아마도 핵심적인 이유는 전공 학과 중심으로 편제된 대학 구조 때문인 것으로 보인다. 융합과 창조가 강조되는 시대가 되었어도 대학의 전공 학과 칸막이는 여전히 건재하다. 대학의 교과목은 전공과 교양으로 구분되는데 많은 경우 교양 교과목들도 해당 전공 학과에서 관장한다. 역사 관련 교양 과목은 역사학과에서, 러시아어 교양 과목은 러시아어문학과에서 주관하는 것이다. 그리고 이런 교양 과목은 해당 전공으로 학위를 받은 인력들이 전임 직위로 취업하기 전까지 임시로 맡게 된다. 교수 경험과 경력을 쌓으면서 다음 단계로의 이동을 준비하는 자리인 셈이다.

우리의 대학 글쓰기 교과목은 국어국문학과가 관장하는 '대학국어'에서 출발했다. 과거 대학국어는 국어국문학을 전공한 박사들이 전임교수로 취업하기까지 맡는 교과목이었다. 이러한 관행이 이제는 국어국문학과의 울타리를 벗어난 글쓰기 강좌에까지 계속 이어지는 것으로 보인다. 대부분의 대학에서 글쓰기 과목은 교양교육기관이 운영하지만 전공 학과 중심으로 구성된 대학에서 교양교육기관은 충분한 위상을 지니기 어렵다. 일단 학교의 구성원으로서 모든 권리를 행사할 수 있는 정년직 전임교수를 채용할 수 있는 교양교육기관이 드물다. 비정년 계약직으로 채워진 기관이 제 목소리를 내기 힘든 것은 당연히 따라오는 결과다.

2

교수자의 강좌 운영
재량권 확보 문제

하버드 Expos 20의 교수자들은 자신이 운영할 강좌의 주제를 직접 결정한다. 어떤 자료를 읽고 구체적으로 어떤 지침 하에 학생들이 글을 쓰도록 만들 것인지도 교수자의 선택이다. 세 편의 글이 과제로 부과된다는 점, 학생과 1:1로 만나 초고에 대해 논의해야 한다는 점, 출결 관리와 과제 제출 관리는 기존에 정해진 규칙을 따른다는 점 등 동일 교과목 내 강좌들의 통일성을 확보하기 위한 큰 틀은 주어지지만 세부 내용은 각 강좌 담당 교수자가 채울 수 있도록 하는 것이다.

교수자에게는 일정 수준 이상의 강좌 운영 재량권이 필요하다. 누가 맡든 동일하게 진행되게끔 짜인 강좌의 운영자는 실상 운영자라기보다 실행자에 불과하다. 미리 만들어진 강좌를 강의실에서 실행만 하는 교수자는 애정과 열정을 지니기 어렵다. 그리고 교수자가 재미를 느끼지 못하는 수업에서 학생이 재미를 느낄 가능성은 거의 없다. 그 반대의 경우, 즉 교수자에게 흥미로운 수업이 늘 학생에게도 흥미롭다고 단언할 수는 없지만 그래도 그렇게 될 가능성은 한층 높다. 어느 특정 교수법이 모든 교수자에게 통하지는 않는다. 강의를 선호하는 교수자가 있는가 하면 토론을 선호하는 교수자도 있다. 토론이라 해도 교수자가 어느 정도나 개입하고 싶어 하는지가 또 다르다. 교수자 자신이 가장 선호하는 방법, 가장 잘 할 수 있는 방법을 선택하도록 하는 것은 성공적인 수업의 일차 조건이 된다.

교수자의 강좌 운영 재량권은 학생들에게도 중요하다. 애정과 열정을 지닌 교수자는 학생의 태도를 바꾼다. 시들하게 뒤로 물러나 있기 어려운 것이다. 또한 교수자 재량권은 강의실에 들어온 학생들의 구성과 특징이 수업에 반영되도록 할 수 있다. 학생마다 성향이 다르고 그 학생들이 한 강좌에 모여 만들어내는 분위기도 다르다. 같은 읽기 자료에 대한 반응도 달라진다. 교수자에게 강좌 운영의 재량권이 있다면 학생들의 성향과 반응을 보면서 내용이나 활동의 구성을 유연하게 조정하는 일이 가능하다. 이 역시 성공적인 수업의 확률을 높여줄 것이다.

동일한 교재를 중심으로 운영된 후 공통 시험으로 평가되는 방식에서는 재량권이 극히 제한된다. 한 교과목에 대한 다수 강좌의 통일성 확보는 중요하지만 이를 위해 더 중요한 측면인 교수자와 학생이 경시된다면 우선순위가 뒤바뀐 꼴이다.

과제 종류와 회수라는 큰 틀에서 통일성을 갖추고자 한 Expos 20은 기대한 만큼의 통일성을 확보하지 못했을 수도 있다. 강좌별 편차에 대한 학생들의 불만이 계속 제기되는 상황을 보면 그렇다. 하지만 통일성에 대한 고민은 교육의 목적과 효과에 대한 고려보다 앞설 수 없다.

IV

우리의 대학 기관은
글쓰기 교육을 돕고 있는가?

1

지속적인 교육목표 관리와
총괄 책임자의 필요성

하버드 대학 글쓰기 프로그램 총괄 책임자 소슬런드 디렉터는 글쓰기 교수자 출신이 맡아 10년 이상 장기 근속하는 모습이다. 글쓴이에게는 참으로 부러운 모습이다. 앞서 언급했듯 글쓰기 강의를 직접 운영해본 사람이어야 현장의 특성과 고충을 알고 이를 정책에 반영할 수 있다. 장기 근속하는 책임자는 교육 성과와 문제점을 지속적으로 점검하여 이를 바탕으로 장기적 의사결정을 내리게 될 것이다.

우리의 대학 글쓰기 교육 현장은 이와는 사뭇 다른 모습이다. 우선 교과목 운영자와 정책 결정자가 분리되어 있다. 글쓰기 교과목을 관장하는 기관은 각 대학의 교양교육기관이다. 글쓰기 강좌를 담당하는 교수자들은 이 기관에 소속된다. 하지만 계약직 신분의 교수자들은 교과목이나 기관을 대표할 수 없다. 결국 다른 전공의 전임 교원이 보직 업무로 기관장과 부기관장, 그리고 글쓰기 주임을 맡는다. 글쓴이가 소속된 대학의 경우 '사고와 표현' 교과목을 총괄하는 주임 교수가 있고 글쓰기, 영어, 수학, 과학 등 전체 교양 교육을 총괄하는 원장과 부원장이 있다. 이들 보직은 임기가 2년이다. 교양교육 현장을 직접 경험하지 못한 상태에서 운영 책임을 맡았다가 2년 후 자리를 떠나는 것이다. 그 2년 동안에도 소속 학과 수업이나 대학원생 교육 업무는 그대로 하게 되므로 시간과 에너지를 전적으로 보직에 쏟지도 못한다. 장기적 계획 수립이나 추진이 원천적으로 힘든 구조이다.

이 문제는 글쓰기 교과목의 경우에 특히 두드러진다. 교양교육기관이 담당하는 교양 교과목 중에서 영어 관련은 영문과에서, 수학 관련은 수학과에서 오랫동안 총괄하며 체계를 잡아왔고 지금도 그 운영 권한을 인정받는다. 반면 글쓰기 교과목은 과거 국문과의 관할 하에 있다가 이제는 다양한 전공의 교수자들이 담당하는 '사고와 표현'이라는 새로운 형태로 바뀌어 교양교육기관에 속하게 되었다. 상대적으로 역사가 짧은 교과목으로서 체계를 잡아 나가야 하는 상황인데 앞장서 이끌 책임자는 제대로 없는 것이다.

글쓴이가 소속된 대학의 상황은 조금 더 복잡하다. 국문과가 맡고 있던 '대학국어'가 다른 대학보다 훨씬 오래, 2009년까지 유지되었고 이후 '글쓰기의 기초' 교과목으로 바뀌어 진행 중이다. 이와 병행해 2004년부터 영역별 글쓰기(인문학 글쓰기, 사회과학 글쓰기, 과학과 기술 글쓰기)가 개설되었다. 국문과가 주관하는 글쓰기 교과목과 국문과 출신 교수자가 한 명도 없는 영역별 글쓰기 교과목이 공존하면서 이수 규정 등 교육 체계가 계속 엎치락뒤치락 바뀌고 있다. 국문과 주임과 영역별 글쓰기 주임 간의 의견 조정도 쉽지 않은데 2년마다 바뀌는 기관장마다 서로 다른 방향을 제시하면서 표류가 이어진다. 글쓰기 교수자들은 현장의 교육 상황보다는 개인적 견해나 학과 이해관계를 바탕으로 내려지는 의사결정에 그저 따라야 하는 처지이다. 이는 글쓴이 소속 대학만의 문제도 아니다. 전임 교원 중심으로 움직이는 대학에서 계약직 교수자들이 대부분 담당하는 글쓰기 교과목은 계속 부침을 겪을 수밖에 없다.

교육 경험이 있는 장기 근속 총괄 책임자의 필요성이 절실하지만 가능성은 극히 희박하다. 대학의 의사결정 구조는 쉽게 바뀌지 않는다. 또한 글쓰기 교육에 장기적으로 헌신하겠

다는 전임 교원은 찾기 어렵다(뚜렷한 보상도 없고 자신의 전
공 업적이나 성과를 축적하기에는 방해만 되니 어쩌면 당연한 일
이다).

2

교양 글쓰기와 전공 교과의
균형 잡기

하버드 Expos 20 교과목은 신입생들이 이후 학부 과정에서 접하게 될 글쓰기 과제의 기본적인 유형을 접하게끔 한다는 분명한 목표를 갖고 있다. 그리하여 학부 과정의 여러 교과목에서 부과되는 글쓰기 과제를 파악하고 거기 맞춰 교과 내용을 설계하였다. 다른 교과목과의 연계는 교과 설계에만 그치지 않는다. 교과목 총괄 기관인 하버드 대학 글쓰기를 통해 다른 교수자들이 학생들의 글쓰기 학습 내용을 파악할 수 있도록 안내하고 글쓰기 과제 부과 및 피드백 방법에 대해 컨설팅을 한다. 교양 글쓰기 교과목이 전공 교과목의 글쓰기와 여러 차원에서 연계되는 것이다.

반면 우리 대학의 경우 교양 글쓰기 교과목은 이런 연계를 찾아보기 힘들다. 교양 글쓰기 교과목과 전공 교과목의 글쓰기가 서로를 잘 모른 채 공존한다. 물론 Expos 20과 같은 철저한 연계가 교양 글쓰기 교육의 정답은 아니다. 연계로 가든 분리로 가든 충분한 고민과 결정을 거쳐 선택이 이루어졌다면 문제는 없다. 하지만 우리는 아직 그 고민을 끝내지 못한 단계로 여겨진다.

교양 글쓰기 교육이 학술 글쓰기, 즉 학문 영역의 효율적 의사소통을 위해 정해진 형식을 준수해야 하는 글쓰기를 지향한다면 전공 교과목과의 연계가 필요하다. 이 경우 Expos 20이 그랬듯 전공 교과목에서 어떤 글쓰기가 이루어지고 있는지, 영역별 학술적 글쓰기의 특징은 무엇인지 등을 파악해야 할 것이고 전공 교과목 교수자들과도 협력 관계를 맺어야 할 것이다. 이런 글쓰기 교육에 가장 적합한 교수자는 어떤 경력과 특징을 지녀야 하는지도 고민해야 한다.

이와 달리 학술 글쓰기를 지향하지 않는 것으로 방향을 잡을 수도 있다. 학부 졸업생 모두가 학문으로 진로를 정하지는 않는다. 학술적 의사소통 방식은 이후 학위 과정에 진학하는 학생들이 전공마다 서로 다른 글쓰기 규칙을 익히고 기존의 학술적 글 사례를 통해 배우도록 하면 된다. 학술 글쓰기를 지향하지 않는 교양 글쓰기 교육은 다양한 방향으로 나아갈 수 있다. 정확한 문장 쓰기 등 한국어 능력을 탄탄히 하는 방향도, 비판적 읽기와 목적에 따른 쓰기 등 폭넓은 사고와 표현 교육의 방향도, 글쓰기의 재미를 깨닫게 하여 글쓰기 동기를 북돋는 방향도 가능하다. 어느 방향을 택하느냐에 따라 필요한 교수자의 자질도 달라질 것이다.

글쓴이가 소속된 대학에서 전공 교과목 전임 교수들이 학생들의 글쓰기에 대해 문제의식을 드러내는 때는 졸업 논문을 쓰게 되는 시점이다. 글이 형편없어 졸업 논문 지도하기가 어려우니 글쓰기 수업을 좀 잘 해달라고 부탁하는 것이다. 뒤집어보자면 졸업 논문을 지도하기 전까지는 학생들의 글을 접하고 피드백할 일이 별로 없다는 뜻이 된다. 교양 글쓰기 교육에서 학부 졸업 논문 작성에 직접 도움이 되는 수업을 해야 한다고는 개인적으로 생각하지 않는다. 교양 글쓰기 수강 시점과 졸업 논문 작성 시점이 한참 떨어져 있기도 하고 세부 전공별로 달라지는 학술 글쓰기 규칙을 교양 글쓰기 수업에서 모두 다루기도 어렵기 때문이다.

교양 글쓰기 교육의 목표를 정하기 위해서는 학교의 특성, 학생의 특성, 전공 교과목의 요구사항 등이 폭넓게 반영되어야 한다. 하지만 아직은 이상론일 뿐이다. 교양 교육의 의미나 중요성이 전공에 비해 현저히 낮게 여겨지는 상황, 그리하여 누구나 대충 가르치면 된다는 인식, 그 '누구나'들이 권리를 인정받지 못하고 전공 학과의 교수진과 대등하게 의견을 교환하기가 아예 불가능한 위계 관계가 유지되는 한은 그렇다.

하버드 글쓰기 교육은 우리에게
어떤 교훈을 주는가

학생, 교수자, 운영 기관이라는 세 참여자를 중심으로 살펴본 하버드 글쓰기 교육은 우리의 글쓰기 교육에도 여러 가지를 시사한다. 서로의 차이를 명확히 인식해야 한다는 점이 그 핵심이다.

글쓰기 교육은 학생의 과거 경험과 특성을 바탕으로 해야 한다

하버드 Expos 20을 수강하는 학생들은 중등교육을 받으면서 5단락 글쓰기를 계속 해온 경험이 있다. SAT 에세이 시험을 위해서 다른 사람의 글을 비판적, 논리적으로 뜯어읽는 훈련을 거쳤다. 그리고 창의적이고 솔직하게 자신을 드러내는 입학 에세이를 작성했다. 하버드 Expos 20은 학생들의 이런 글쓰기 경험 위에 존재한다.

우리 대학의 글쓰기 교육을 설계할 때에는 우리 학생들의 경험과 특성을 고려해야 한다. 학생들은 중등교육 과정에서 글쓰기보다는 객관식 문제풀이 중심으로 공부했다. 글쓰기를 소통의 방식이라기보다는 평가의 방식으로 여긴다. 많은 경우 '나는 글쓰기를 싫어하고 글을 못 쓴다'라는 생각에 사로잡혀 있다.

이런 상황에서 우리 글쓰기 교육이 어떻게 접근해야 할지 고민과 성찰이 필요하다. 하버드 Expos 20을 뒤따라 무조건 학술적 글쓰기로 방향을 잡을 수는 없다. 학습자가 다르다면 교육적 접근도 달라져야 하는 것이 마땅하다.

교수자가 처한 현실 상황을 고려하지 않은 교육 설계는 곤란하다

하버드 Expos 20은 교수자가 학생들이 쓴 모든 글을 세밀히 검토하고 1:1 만남을 통해 상담한다. 서면과 구두로 피드백이 이루어진다. 여기 착안한 것인지 여러 국내 대학들이 교수자와 학생의 1:1 만남을 의무로 부과한다.

하지만 하버드의 교수자가 15명 정원의 수업을 2강좌 맡는 것에 비해 우리 대학의 글쓰기 교수자는 평균 35명 정원의 수업을 4강좌 담당한다. 30명 대 140명의 차이다. 학생 한 명한 명에게 쏟을 수 있는 시간이 애당초 같을 수가 없다. 수강

생 15명 규모로 설계된 수업을 35명 규모에 그대로 끼워 넣기는 불가능하다. 우리 대학의 상황에서 수강생을 줄이는 방향의 결정은 아마 나오기 어려울 것이다. 그러기는커녕 애석하게도 대학 강좌의 수강 정원은 점점 더 늘어나는 경향이다. 그렇다면 대학 글쓰기 교육에서 글쓰기 방식, 토론, 피드백 등을 어떻게 진행할지 새로이 고민해야 한다.

하버드 방식이 완벽한 이상은 아니다

하버드 Expos 20에 대한 학생들의 평가를 보면 글쓰기 교육의 어려움이 잘 드러난다. 한 학기의 진행 방식, 글쓰기 과제의 유형과 분량, 평가 기준 등에서 통일성을 꾀하기는 하지만 강좌별 난이도 편차는 여전히 존재한다. 상대적으로 더 힘겨운 강좌를 수강하는 학생들은 불평이 생길 수밖에 없다.

글쓰기와 주제 탐구라는 두 바퀴 위에서 균형을 잡아야 하는 Expos 20에 대해 글쓰기 교육이 예상보다 적다는 지적도, 혹은 주제를 다루는 깊이가 얕다는 불만도 나온다. 균형 잡기가 얼마나 어려운지 알 수 있다. 강좌별로 교수자가 원하는 주제를 사전에 설정하고 그 주제를 중심으로 글을 쓰도록 한다는 애초의 교육 설계에서 어쩔 수 없이 파생된 문제라고도 할 수 있다.

교수자마다 서로 다른 개인적 글쓰기 취향, 혹은 교육 주안점도 학생들의 불만을 산다. 모든 점에서 완벽한 글은 존재하기 어렵다. 논리적 흐름을 중시하는 교수자는 언어 표현이 좀 미숙하더라도 논리가 좋은 글을 높게 평가할 것이다. 반대로 정확한 어법이 기본이라고 여기는 교수자는 논리 흐름에 앞서 표현을 중심으로 평가할 것이다. 정확한 표현, 논리적 흐름, 창의적 분석적 사고 등 여러 마리 토끼를 한꺼번에 잡아야 하는 글쓰기 교육에서 이는 늘 존재하는 문제이고 하버드 Expos 20 또한 그 문제를 안고 있다.

안정적인 글쓰기 교육은 안정적인 뒷받침을 필요로 한다

하버드 Expos 20은 150년 가까이 이어져 온 글쓰기 교과목이다. 그 내용과 방식은 세월의 흐름에 따라 조금씩 바뀌었겠지만 어떻든 그 역사는 탄복할 만하다. 오랜 역사는 글쓰기가 중요하다는 추상적 인식만으로 만들어진 것이 아니다. 학교의 결단과 지원, 책임자의 고민과 헌신이 존재했던 덕분이다.

그 결과 Expos 20은 전공 교과목의 글쓰기와 유기적으로 연계되도록 설계되었고 강좌에 대한 지속적 평가와 점검, 신임 교수자 지원 등이 이루어지면서 역사를 이어가고 있다. 우리나 미국이나 늘 돈 문제가 등장하는데 하버드는 운 좋게도 소슬런드 기금을 받아 재정적 안정을 확보했다.

우리의 대학 글쓰기 교육에는 안정적인 뒷받침이 없다. 교수자들은 언제까지 계약이 이어질지 알 수 없는 불안정한 신분이고 의사결정자들은 글쓰기 교육에 대한 애정이나 신념이 부족한 데다가 몇 년 단위로 보직을 맡았다가 가버리는 뜨내기인 형편이다. 우리에게 어째서 하버드 Expos 20 같은 유서 깊은 교과목이 없는가는 바로 여기에 이유가 있다.

- 대학 글쓰기 교육에 대해 다시 생각하다

대학 교육이 위기라고 한다. 대학에서만 배울 수 있는 무언가를 찾기 어려워진 것이 문제이다. 웬만한 지식은 강의실이나 전공자를 거치지 않아도 얼마든지 습득할 수 있다. 인터넷에는 인심 좋게 지식을 퍼주는 이들이 가득하다. 학점을 위해 지식을 달달 외우는 것도 별 가치가 없다. 기억하지 못해도 금방 찾아보고 확인할 수 있는 세상이어서 그렇다. 열심히 외워서 시험을 아무리 잘 본다 해도 그렇게 쑤셔 넣은 지식이 어차피 오래 가지 않는다는 걸 우리는 경험으로 알고 있다.

이런 상황에서 나는 글쓰기 교육이 대학 교육의 새로운 지향점을 제시할 수 있다고 생각한다. 어차피 글쓰기 교육은 내용 전달을 목표로 하지 않는다. 글의 종류는 무엇이 있는지, 글 쓰는 순서는 어떻게 해야 하는지 암기해야 할 필요는 없다. 그 대신 글쓰기 교육은 주어진 지식과 정보를 어떻게 바라볼 수 있을지, 그에 대한 내 판단은 무엇이며 판단의 근거는 어디 있는지, 내 판단과 생각을 남들에게 전달하려면 어떻게 표현해야 좋을지를 고민하도록 한다. 분석적으로 읽고 비판적으로 생각하고 논리적으로 쓰는 연습의 기회를 제공한다.

지식이 넘쳐나는 시대, 그리하여 더 이상 지식을 그저 흡수하기보다 선별하고 평가하는 능력이 중시되는 시대에 꼭 필요한 연습을 대학 글쓰기 교육에서 제공할 수 있다는 것이다. 글쓰기는 곧 생각하기이고 글은 글쓴이의 생각과 의견을 널리 공유하는 방법이기 때문에 그렇다.

하지만 안타깝게도 현재의 우리 대학 글쓰기 교육은 여전히 과거의 그림자에서 완전히 벗어나지 못했다. 평균 35명이나 되는 학생들이 강의실에 모여 교재를 중심으로 강의를 듣고 필기시험을 치러 학점을 받는다. 서로의 생각을 공유하고 논의할 기회는 좀처럼 오지 않는다. 사실 이는 글쓰기 교육만의 문제가 아니다. 대학 교육 전체가 여전히 일방향 강의식

지식 전달에 치중되어 있는 현실에서 그 일부인 글쓰기 교육도 예외가 되지 못한다는 표현이 더욱 정확할 것이다.

하버드의 글쓰기 필수 교과목 Expos 20은 우리의 대학 글쓰기 교육에 여러 시사점을 준다. 강좌당 정원이 15명이라는 점, 교재가 없는 대신 강좌별로 주제가 정해진다는 점, 하지만 주제 지식을 전달하기보다는 주제에 맞춰 사전 선정된 자료를 읽고 다함께 토론한다는 점, 학생들이 각 세 편씩 글을 쓰고 교수자는 그 초고들을 검토해 더 좋은 글이 되도록 조언한다는 점, 시험은 따로 보지 않고 글로 평가를 받는다는 점 등이 그렇다. 우리 교육 현장과는 여러 모로 다른 모습이다.

그럼에도 Expos 20이 정답은 아니다. Expos 20은 학술적 글쓰기 형태를 중심으로 한다. 신입생들이 이후 학부 과정에서 쓰게 될 글을 미리 연습하는 교과목으로 존재하기 때문이다. 하지만 대학 글쓰기 교육이 반드시 이 방향으로 나아가야 하는지는 의문이다. 하버드 학생들에 비해 글쓰기 경험이 훨씬 적고 글쓰기를 소통보다는 평가 수단으로 여기는 우리 학생들의 특성, 학부 수업에서 학술적 글쓰기 과제를 요구하고 이를 교수자가 피드백해주는 교과목이 생각보다 많지 않은 우리 대학 특성을 고려하면 더욱 그렇다.

그렇다면 어떤 글쓰기 교육이 대안으로 가능할까? '하버드' 이름이 붙은 글쓰기 관련 도서 두 권이 흥미로운 방향을 보여준다. 하나는 《하버드 글쓰기 강의》(바버라 베이그, 에쎄, 2011)이고 다른 하나는 《하버드대 까칠 교수님의 글쓰기 수업》(로저 로젠블랫, 돋을새김, 2011)이다. 제목에는 하버드가 들어가지만 막상 두 책에 소개된 수업은 각각 레슬리 대학교 예술학 석사과정의 '창조적 작문' 강좌, 그리고 스토니브룩 대학교의 '모든 글쓰기(writing everything)' 강좌이다. 두 저자 모두 하버드 대학교에서 가르친 경력이 있고 이 때문에 제목에 하버드가 포함된 듯하다. 중요한 점은 두 저자 모두 30년 이상 글쓰기를 가르쳐 온 전문가이고 이 책들에서 그 경험이 녹아든 수업을 소개한다는 것이다.

베이그는 내용보다 형식을 중심으로 하는 글쓰기 교육을 강하게 비판한다. '어떻게 쓸 것인가'에 치중한 나머지 더 중요한 '무엇을 쓸 것인가'가 도외시되는(p.57) 주객전도 현상이 벌어진다는 것이다. 또한 학교의 글쓰기 교육은 학생들에게 글쓰기란 평가받기 위한 작업(p.238)이고 자기 글을 읽는 평가자에게 좋은 인상을 주는 것(p.240)이 관건이라는 잘못된 사고를 심어준다고 개탄한다. 교수가 선택한 주제에 관해 교수가 요구하는 방식대로 써서 마감 시간 내에 제출해 평가 점수를 받아야 하는 글쓰기(p.303)는 자유가 없는 글쓰기이며 이는 글쓰기를 통해 자연스럽게 소통하는 글쓴이-독자 관계를 왜곡한다고도 한다(p.239).

로젠블랫 역시 글쓰기에 있어 자유를 강조한다. 글쓰기는 우리를 자유롭게 만들어준다는 것이다. 소설의 절반 이상은 작가가 처음 계획했던 것과 전혀 다른 방향으로 흘러간다(p.73). 글쓰기 수업도 마찬가지여서 선생은 어떻게 진행할지 계획을 세우고 강의실에 들어가지만 학생이 다른 화제를 꺼내면 항로가 바뀌고 두 번 다시 계획했던 항로로 돌아가지 못한다는 것이다. 로젠블랫의 수업은 단편소설, 수필, 시 등 문학작품을 읽고 함께 토론한 후 각자 그 장르의 글을 쓰는 것으로 이루어진다. 20대 초반부터 70대 초반까지 다양한 나이대의 학생들 12명이 수업에 들어와 각자의 인생경험을 나누고 이를 반영하는 글을 썼다고 한다.

이상의 책 두 권은 모두 형식에 얽매이지 않는 자유로운 글쓰기를 강조한다. 글쓰기는 자유를 바탕으로 하는 동시에 자유를 안겨주는 과정이라는 것이다. 대학 교육에서 이런 글쓰기를 경험하도록 할 수 있다면 학생들은 이후 다른 유형의 글쓰기에도 적응할 수 있다. 주제와 형식이 제한되는 글을 써야 하는 상황에서도 그 조건에 매몰되는 대신 전달하고 싶은 내용을 어떻게 소통해야 할지 고민하게 될 것이다.

　말과 글로 충분히 소통하는 글쓰기 수업, 학생 개개인의 서로 다른 관심과 자질이 자유롭게 발휘될 수 있는 글쓰기 수업은 우리에게도 충분히 가능하다. 물론 선행 조건은 있다. 강좌별 인원수를 줄이고 교재와 시험 중심의 운영 방식을 바꾸며 학생의 자발성과 자율성을 최대한 독려한다는 사고의 전환이 필요하다.

　글쓰기는 한두 학기의 수업이나 무슨 '비법'으로 완성될 수 있는 능력이 아니다. 평생 갈고 닦아야 하는 종류의 능력이다. 글쓴이 개인의 성향도 변화하고 글을 공유하는 공동체의 선호도 변화하기 때문이다. 그렇다면 대학 글쓰기 교육은 학생들이 장기적으로 글쓰기에 대해 관심을 갖고 노력을 기울이도록 동기를 부여한다는 목표를 설정할 수 있다. 대학의 교양 글쓰기 수업이 그 평생의 과정에 하나의 불씨가 되도록 하는 것이다. 그 불씨의 가능한 모습 중 하나가 자유로운 글쓰기가 아닐까.